ERIKA FIORUCCI
Una sonata para ti

Editado por Harlequin Ibérica.
Una división de HarperCollins Ibérica, S.A.
Núñez de Balboa, 56
28001 Madrid

© 2013 Erika Fiorucci
© 2014 Harlequin Ibérica, S.A.
Una sonata para ti, n.º 54 - 1.3.14
Publicada originalmente por Harlequin Ibérica, S.A.

Todos los derechos están reservados incluidos los de reproducción,
total o parcial. Esta edición ha sido publicada con autorización de
Harlequin Books S.A.
Esta es una obra de ficción. Nombres, caracteres, lugares, y
situaciones son producto de la imaginación del autor o son
utilizados ficticiamente, y cualquier parecido con personas, vivas
o muertas, establecimientos de negocios (comerciales), hechos o
situaciones son pura coincidencia.
® Harlequin, HQN y logotipo Harlequin son marcas registradas por
Harlequin Enterprises Limited.
® y ™ son marcas registradas por Harlequin Enterprises Limited y
sus filiales, utilizadas con licencia. Las marcas que lleven ® están
registradas en la Oficina Española de Patentes y Marcas y en otros
países.
Imágenes de cubierta utilizadas con permiso de Dreamstime.com.

I.S.B.N.: 978-84-687-4072-0
Depósito legal: M-35003-2013

Para mi hermana, que ama a Chopin

Capítulo 1

Andras se moría del aburrimiento. Aunque sabía que hacía eso por una buena razón —necesitaba el tiempo libre que su nuevo trabajo le garantizaba—, el proceso de poner las cosas a punto era terriblemente fastidioso.

Necesitaba componer. Era el paso lógico en su carrera y estaba más que ansioso por recorrer ese nuevo camino y salir airoso, como siempre. Había hecho sin mayores traumas la transición de niño prodigio del piano, ganador de las más prestigiosas competiciones, a consagrado concertista. Luego había brillado como director de orquesta y ahora su carrera exigía la composición, no como una vía para expresar algo, sino como una nueva conquista.

A sus veintinueve años, estaba convencido de que en la música no había nada que no pudiese hacer. No se trataba solamente del talento con el que había nacido y de lo que se había esforzado desde que llegó a los pedales del piano. Sabía cómo publicitarse: bien vestido, bien peinado, con cierto deje presumido pero simpático y siempre haciendo un movimiento calculado que, aunque era lógico, nadie esperaba.

Sin embargo, sus fallidos intentos como compositor —ninguno que el público conociera, por supuesto— le habían demostrado que escribir música era un universo distinto a tocarla. Pero no había llegado hasta la cima precisamente por abandonar algo cuando no le salía bien al primer intento. Simplemente, necesitaba más tiempo para explorar esa nueva faceta y finalmente dominarla como el maestro que era, y no había mejor forma de obtener ese tiempo, sin mantenerse fuera del mapa, que aceptando ser el tutor de algunos alumnos destacados de la escuela Juilliard— o simplemente Juilliard, como la llamaban los entendidos— en Nueva York.

La idea en un principio le había parecido brillante, podría componer y al mismo tiempo dar sus primeros pasos como tutor, y la cantidad de publicidad que estaba recibiendo el nuevo programa daba fe de que su decisión había sido acertada. Cerca de cincuenta estudiantes se habían inscrito para las pruebas y eso no era más que otra declaración de lo importante que el nombre de Andras Nagy se había vuelto en los últimos catorce años.

El problema era que él mismo había exigido ser el encargado de seleccionar a los alumnos que acogería bajo su ala y se le antojaba que el proceso era una enorme pérdida de tiempo.

Uno tras otro vio y escuchó a los mejores talentos de la nueva generación: niños prodigio, virtuosos que estaban por graduarse y destacados intérpretes a quienes solo les hacía falta depurar la técnica. Todos tenían algo, pero ninguno tenía nada que no hubiese visto antes.

A esas alturas, Andras estaba convencido de que decidiría quiénes serían los afortunados lanzando los expedientes al aire y seleccionando tres al azar. La cuestión era que su nombre estaba en juego. Si optaba por esa forma de selección y alguno de sus aprendices no resultaba lo suficientemente bueno, su reputación podría verse empañada y eso era algo que bajo ningún concepto permitiría.

Con un suspiro, se frotó los ojos. Después de dos días de escuchar hasta la saciedad estudios de Chopin, sonatas de Schubert y Rachmaninoff, y de casi llegar a odiar la Rapsodia Húngara N° 2 de Liszt —que la mayoría de los aspirantes parecía haber elegido en honor a su gentilicio y al repertorio que lo había caracterizado durante casi una década—, estaba a punto de perder la esperanza.

Hasta que entró ella.

—¡Qué demo...! —pensó, pero se detuvo en seco al darse cuenta que lo había dicho en voz alta.

Las botas de bombero de la chica, peladas en la punta de tanto uso, no eran lo más llamativo de su vestimenta. Las medias negras de malla con agujeros en las rodillas que desaparecían a la altura de los muslos debajo de unos shorts vaqueros que, aparentemente, habían sido cortados con un cuchillo de cocina, sin duda se llevaban el primer premio; aunque seguidos muy de cerca por la camiseta blanca con el cuello estirado y llena de dibujos que, evidentemente, habían sido hechos sobre la tela con un rotulador.

Para su aspecto había que crear una categoría especial que traspasara los linderos del vestuario. Era pequeña, delgada y muy muy pálida, casi traslúcida, lo que combinaba perfectamente con su cabello negro muy corto, con unos pequeños picos que le caían sobre la frente.

De lejos no podía ver el color de sus ojos, pero era evidente que estaban bordeados por gruesas líneas de maquillaje negro.

Luego de superar el shock que le causaron tanto su aspecto como su ropa, el paso completamente desinhibido con el que entró al salón fue otra de las cosas que despertó a Andras del letargo en que las audiciones lo habían sumido.

Él mismo había hecho su buena cuota de audiciones durante su vida y había presenciado muchas más. Siempre existía cierto temor, no importaba cuán bravucón o seguro se intentara parecer. Los que iban a hacer las pruebas entraban lentamente, buscando con la mirada baja en el fondo del salón a aquellos que los

Una sonata para ti

evaluarían. Algunos sonreían e intentaban ser simpáticos, otros trataban de parecer profesionales, pero todos sin excepción tenían esa actitud corporal que denotaba lo nerviosos que estaban.

Pero no esa chica.

Entró como quien se interna en un supermercado con aire acondicionado durante un caluroso día de verano. Estaba relajada y contenta, disfrutando cada paso que daba.

Andras sabía que en los conservatorios siempre había alumnos así y aquello era Juilliard, con todo el ambiente bohemio que tanto la institución como la ciudad albergaban. Estrellas de rock, destacados músicos de jazz y compositores de las más diversas tendencias habían salido de esa escuela, pero no creía que entre las prioridades de ninguno de ellos hubiese estado obtener una tutoría con un importante pianista de música clásica.

Quienes habían peleado por esa audición tenían una sola meta y sus aspiraciones y talento iban orientados en esa dirección: un piano de cola, rodeado por una orquesta, fracs, vestidos largos y mucho Tchaikovski.

Por ello no alcanzaba a comprender cómo esa chica, no estaba seguro de si gótica o punk, había logrado obtener una audición o ni siquiera por qué le interesaba hacer la prueba, pero agradecía la distracción.

—¿Nombre? —preguntó desde el medio del auditorio, buscando entre las solicitudes que aún le quedaban pendientes.

—Sorel Anglin —le dijo sin mayores reverencias, mirándolo directamente a la cara.

—Maestro... —la corrigió él.

—¿Perdón? —le respondió, pero no había ni un atisbo de disculpa en su tono ni en su expresión facial.

No estaba seguro de si la actitud de la chica hacia él le gustaba o le disgustaba, tal vez un poco de ambas cosas. Disfrutaba del respeto que su presencia generaba entre los músicos, estaba acostumbrado a eso y había trabajado muy duro para ganárselo. Que una estudiante le hablara sin el usual tono reverencial le resultaba chocante y, al mismo tiempo, extrañamente atractivo. No recordaba la última vez que la admiración no era la primera reacción que obtenía de una persona, al menos si había un piano cerca.

—Se dirigirá a mí como «maestro Nagy» o, si es muy perezosa para decirlo completo, solamente «maestro». —Andras hizo un gran esfuerzo por que su pesado acento húngaro se notara más que nunca y luego guardó unos segundos de silencio para que su declaración se asentara hasta en las sillas vacías del teatro—. Puede comenzar, señorita Anglin.

—Sorel —le contestó ella con una media sonrisa mientras caminaba hacia el piano, cantando las palabras con un acento con el que él no estaba del todo familiarizado, pero que a todas luces parecía exagerado—. Soy del sur, de Nashville para ser más precisos. Allí no somos tan formales.

Andras tuvo que contener la risa. La chica estaba bromeando con él y nadie, mucho menos un estudiante, bromeaba con él. Los que lo intentaban siempre salían con algún comentario que más parecía una lisonja que una broma propiamente dicha. Nunca sonaba espontáneo.

Como colofón, ella no esperó su reacción, como lo habrían hecho otros para ver qué tal le había sentado el comentario. Siguió caminando hasta sentarse en el banco frente al piano. Dejó caer sin ningún tipo de delicadeza la mochila de lona que llevaba al hombro y comenzó a ajustar la distancia del asiento hasta que estuviese acorde con el largo de sus piernas.

—Las pulseras —dijo Andras, dándose cuenta que el brazo derecho de la chica estaba lleno de pequeñas pulseritas de plata, ligas, trozos de cuero con dijes colgando y ristras de piedras. Eso sin mencionar sus dedos, todos adornados con pesados anillos—. No puede tocar con ellas. Los anillos fuera también.

Ella lo miró divertida.

—No van a estorbar.

—Necesito profesionales para este curso, personas que se lo tomen seriamente, y tocar con adornos no encaja en mi definición de seriedad. —La ropa podía soportarla, incluso podía convertirla en un elemento que llamara la atención, pero intentar tocar con todas esas pulseras estaba tan fuera de lugar como colocar un vaso de agua sobre el instrumento—. No sé cómo consiguió esta audición, pero si cree que me va a hacer perder...

—Confíe en mí, *maestro Nagy* —lo interrumpió ella con un guiño.

Andras se sentó de mala gana. Más que molesto con la chica, estaba frustrado consigo mismo. Por primera vez en mucho tiempo no sabía cuál era la manera correcta de reaccionar. Si ella hubiese sido belicosa o irrespetuosa, la audición habría terminado sin darle la oportunidad de tocar un acorde, pero no había nada de eso en sus palabras. Era juguetona, pero no condescendiente; no le temía, pero no era grosera. A falta de una descripción mejor, tenía personalidad.

«Que no toque la Rapsodia Húngara», Andras se sorprendió pensando. Por alguna razón que no podía precisar, quería que ella no fuese una más del montón, que siguiera sorprendiéndolo favorablemente.

Los primeros acordes sonaron y tuvo que contener la respiración. Un millón de emociones golpearon su alma con la sola anticipación de lo que vendría, incluso mucho antes de que los recuerdos inundaran su mente.

Ahora comprendía por qué las pulseras y los anillos que adornaban el brazo derecho de la señorita Anglin no le estorbarían.

El Nocturno para la mano izquierda de Alexander Scriabin era algo que él nunca había tocado en público, precisamente porque evocaba una de las épocas más nostálgicas de su vida. Tuvo que hacer un gran esfuerzo mental para recordar que tenía que evaluar la actuación de la chica y para ello empezó a enumerar todos los aspectos técnicos de la pieza, tratando así de expulsar las memorias.

No una elección usual para una audición. Para impresionar siempre era preferible algo cuyo virtuosismo fuese más evidente, que no dejara lugar a dudas, que usara la dos manos. Sin embargo, sí era una pieza difícil que requería de técnica, pues tanto la melodía como la armonía eran tocadas con una sola mano.

No obstante, lo más llamativo de la interpretación de Sorel no era su sólida técnica, sin fallas, que le permitía manejar a su antojo la partitura de una de las piezas para la mano izquierda más difíciles del mundo, sino el sentimiento que arrancaba de cada una de las teclas convirtiendo la música que de ellas salía en algo vivo, que llenaba con su presencia hasta el último rincón del auditorio vacío y se colaba hasta el alma de Andras.

Los cinco minutos de la audición se le pasaron como si estuviese encerrado en una burbuja en la que esa extraña chica y la música que hacía lo mantenían cautivo. No había tiempo ni espacio, solo emociones para las que no estaba seguro existiera una denominación aceptada.

Cuando sonó el último acorde tuvo el impulso de pedirle que tocara algo más, cualquier cosa, *Cumpleaños Feliz* o *Estrellita, Estrellita*. Lo único que lo detuvo fue lo agotada que Sorel parecía. Sus manos aún reposaban delicadamente sobre el teclado y la cabeza le colgaba entre los hombros. Aunque no podía verle la cara, estaba convencido de que sus ojos estaban cerrados.

Quería preguntarle si estaba bien, también por qué había seleccionado el Scriabin y, sobre todas las cosas, quería saber qué hacía allí, en aquella audición; pero mientras todas las preguntas hacían fila en su mente intentando decidir cuál saldría primero, la naturaleza del maestro se hizo cargo.

—Gracias, señorita Anglin —dijo tratando de sonar lo más neutral posible.

Sorel volteó lentamente como si hubiese olvidado que había alguien más con ella, que estaba haciendo una audición para que el *maestro Nagy* la aprobara. No se trataba de una mirada curiosa que intentaba adivinar qué pensaba él de su interpretación, sino más bien la de quien despierta de un sueño y descubre que no está sola.

Sin embargo, el momento duró poco. Sorel se puso de pie, retomando la actitud despreocupada que tenía cuando entró y, sin prestarle mayor atención, recogió su mochila del piso y se dirigió hacia la puerta.

—¿Por qué el Scriabin? —Finalmente, una de las

preguntas que se agolpaban en la mente de Andras se había decidido a salir, aunque lo hizo sin su permiso.

Para disimular, tomó la hoja de la audición de Sorel y comenzó a garabatear cosas en ella a fin de que pareciera que la respuesta era algo que él necesitaba evaluar.

Sorel esperó hasta llegar a la puerta para voltear. Aún con la mano en el picaporte le sonrió como quien guarda un secreto.

—Por dos razones, pero la que le atañe, *maestro Nagy* —en ese punto, hizo una leve inclinación con la cabeza de fingida cortesía—, es que pensé que usted podría aprender algo.

Y con esa bofetada verbal salió, dejando la airada protesta de Andras dentro de su garganta.

Capítulo 2

«¿QUIÉN SE CREE QUE ES ESA NIÑA?», vociferaba el Maestro dentro de Andras en una diatriba silenciosa que se extendió en el tiempo que demoraron las restantes audiciones.

Ella estaba allí para aprender de él. No había nada que una estudiante de conservatorio, por más talentosa que fuera, estuviese en disposición de enseñarle.

Él era Andras Nagy, ganador de los premios Chopin y Van Cliburn, había sido nominado al Grammy, era Embajador Honorario de las Artes de su país, estaba catalogado como el talento más grande al piano en la actualidad y era uno de los directores más respetados, todo eso antes de llegar a los treinta, y ninguna niñita iba a enseñarle nada tocando un Nocturno. No un Concierto, o al menos una Sonata o un Estudio, ¡un endemoniado Nocturno!

Sin poderse sacar a la chica de la mente, se quedó horas sentado en el auditorio después de que el último aspirante abandonara la sala, preparando mentalmente miles de formas de ponerla en su lugar. No obstante, más allá de los improperios que su ego profesional, que por cierto tenía una voz muy parecida a la de su padre, continuaba lanzando, el hombre dentro de él se entretenía simplemente con la idea de volver a verla, le intrigaba particularmente descubrir de qué color eran sus ojos.

—¿Te estás escondiendo, Andras? —La voz lo sacó de sus duales cavilaciones.

Aun si no hubiese conocido el tono de esa voz, el hecho de que lo llamara por su nombre era un identificador automático de la persona de donde provenía: para los demás era el maestro Cristóbal Noriega, director de la cátedra de Piano; para Andras, solamente Cris.

A pesar de los quince años de diferencia entre ambos, era el único amigo real con el que podía contar desde que era un adolescente que viajaba por todo el mundo rodeado de adultos.

En su juventud, Cristóbal Noriega había sido un pianista respetado, lo suficiente para compartir escenario con el niño prodigio, y prueba de ello era el puesto que ahora ostentaba en el conservatorio más prestigioso del mundo. Andras había crecido bajo el ala de Cris, su mentor, no en la música, sino en la vida. Fue él quien le compró su primera cerveza, le lavó la cara después de su primera borrachera, le encendió su primer cigarrillo y muchos otros «estrenos».

Nunca dudó que Cristóbal acabaría en la docencia, enseñando a los más jóvenes rutas y atajos. Eso había hecho con él y no precisamente en lo relativo a las escalas y arpegios.

—No forma parte de mi naturaleza esconderme.

—Y yo que creía que eso era lo que habías venido a hacer aquí. —Cristóbal atravesó el escenario hasta llegar al área del público del auditorio y se sentó, con esas maneras tan coordinadas que había exhibido toda su vida, en un asiento vecino al de Andras—. Y no me refiero solamente a la ciudad.

—Vine porque quiero compartir mis vastos conocimientos con la próxima generación —le contestó sonriendo.

—Guárdate el comunicado de prensa para alguien que se lo crea.

Los dos rieron de forma cómplice.

—¿Ya elegiste a los afortunados?

—Pensaba en eso precisamente...

—¿Y?

—Reduje la lista a diez. —Andras señaló los expedientes que reposaban en la silla que los separaba. El resto había sido descartado y ocupaba la mayor parte del piso frente a él—. Honestamente, no esperaba que fuera tan difícil.

—¿Qué te puedo decir? Tenemos estudiantes talentosos...

—Sí... —Andras meditaba sus palabras—. Todos están muy parejos, algunos tienen más técnica, otros más interpretación, pero una cosa compensa la otra. Tú los conoces más que yo, una ayuda me vendría bien.

—¿El gran maestro Nagy me está pidiendo auxilio? —El tono no podía ser más presumido—. ¿Admites que hay algo en lo que soy mejor y mucho más experimentado que tú?

—No sería la primera vez... —una risa baja escapó de su garganta—, pero no se lo digas a nadie.

—Eso quiere decir que solo debemos descartar siete más... —Cristóbal tomó los expedientes, presto a echarles una ojeada.

—Ocho—dijo Andras mirando la hoja de papel que mantenía en su mano—. Seleccioné a alguien.

No valía la pena seguir esquivando el asunto. Para bien o para mal, la chica gótica de actitud amistosa y al mismo tiempo irreverente había resaltado en el grupo de excelentes pianistas que había escuchado en los dos últimos días. De hecho, la planilla de solicitud de Sorel era la única que no había ido a dar ni entre los «descartados» en el piso ni entre los «posibles» que ahora Cristóbal sostenía. Estaba adherida a su mano tanto como el recuerdo de su interpretación a su mente.

—¿Y se puede saber quién es ese ser humano especial que te ha hecho mirar en su dirección?

—Sorel Anglin. —Andras no pudo evitar darse cuenta que hasta su nombre era musical.

—¿Sorel Anglin?

Para sorpresa de Andras, Cristóbal sonaba, más que sorprendido, completamente aterrado.

—Esperaba algo más como «tú sí sabes reconocer el talento» o, tal vez, «Andras, esa era la decisión obvia» —arqueó levemente las cejas—, pero nunca una cara como si te hubiera notificado que voy a unirme como trapecista al circo.

—Bueno, entre ofrecerle una tutoría a esa chica y unirte al circo... —Cristóbal movió las manos como si fueran una balanza.

—¡Por favor, Cristóbal!

—Entiendo, entiendo. Es la forma en que trabajas, todo este asunto de la publicidad. No niego que sería un golpe brillante poner a una chica como esa frente a un piano de cola a tocar Mozart o Bach, llamaría la atención, nadie lo esperaría de alguien tan tradicional como tú, pero ¿es necesario desperdiciar una tutoría en ella? Hay otros estudiantes que...

—¿Es por cómo se viste? —Andras sintió que un repentino malhumor lo llenaba. Sabía que ella era excepcional y le exasperaba que los demás no estuviesen de acuerdo con él—. Esa chica, como tú la llamas, es extremadamente talentosa y si vas a dejar que un prejuicio tonto te evite ver quién tiene realmente madera para esto...

—Vale, vale—. Cristóbal levantó las manos en señal de rendición—. Se me había olvidado lo mal que manejas que alguien te lleve la contraria, maestro y, para tu información, mis reservas con respecto a la señorita Anglin no tienen nada que ver con cómo se viste ni mucho menos con el aro que atraviesa su labio inferior.

«¿Qué aro? ¿Dónde? ¿Por qué no lo vi?», la mente de Andras divagó unos cuantos segundos antes de recordar que estaba sosteniendo una conversación que iba mucho más allá de los adornos corporales.

—¿Entonces?—Andras cruzó los brazos sobre el pecho, aún intrigado por cómo se vería ese aro en la boca de Sorel, pero haciendo un enorme esfuerzo por no demostrarlo—. ¿Nunca la has escuchado tocar? Porque es la única cosa que explicaría tu sorpresa.

—No niego que Sorel Anglin es talentosa, además tiene una técnica bastante limpia y buenas calificaciones, de lo contrario no se le hubiese permitido tomar la prueba, aunque me sorprende que lo hiciera, pero tienes que confiar en mí—. Cristóbal miró a Andras a los ojos tratando de hacerle entender—. En lo referente a los estudiantes y al potencial que pueden llegar a desarrollar, yo tengo más experiencia. La chica no merece tu tiempo.

—¡Es una virtuosa!

—¿Una virtuo...?—Cristóbal se interrumpió negando con la cabeza—. ¿Qué tocó?

La pregunta lo tomó desprevenido, pero trató de desviarla de la mejor manera posible.

—No es lo que toca, es cómo lo toca.

—¿Qué tocó, Andras?

En este punto no podía negar que cuando Cristóbal empleaba ese tono con él volvía a sentirse como el adolescente que escondía revistas para adultos en el bolso de las partituras.

—El Scriabin...

—Ah—. Una sonrisa medio triste, medio nostálgica se asomó en los labios de Cristóbal.

—No me vengas con ese «ah», no tiene nada que ver con eso. Era como si... —Andras se tomó unos segundos para intentar poner en palabras lo que había sentido—. Como si estuviese conversando con el piano. No era música, eran sentimientos —dijo finalmente.

—No trates de explicarme, yo estuve allí ese largo mes que no hacías otra cosa que tocar y tocar ese Nocturno. Estás obnubilado, no es que ella te trasmitiera nada, es esa música la que te hace sentir cosas.

—Soy un adulto ahora, Cris—. Andras trató de poner su mejor expresión de gran maestro—. Y sé diferenciar las cosas. No soy un perro de Pavlov. De ser así, todos los que tocaron la Rapsodia Húngara me hubiesen recordado a mi padre y por lo tanto habrían perdido su oportunidad, pero hay dos de ellos en la lista de los preseleccionados.

Una sonata para ti

—A tu manera, quieres a tu padre y, confiésalo, te gusta la Rapsodia Húngara.

—¿Eres pianista o psicólogo?—Andras movió las manos exasperado—. Lo que no puedo entender es cómo tú precisamente no puedes ver lo excepcional que es esta chica.

—Sorel Anglin *tenía* todo el potencial para ser una virtuosa. Fue aceptada aquí a los diecisiete años y aún recuerdo el Chopin de su audición. ¡Magistral!

—Me estás dando la razón...

—Dije *tenía*, recalcando expresamente el tiempo verbal. —Cristóbal levantó uno de sus dedos—. En aquella ocasión, todos nos peleábamos por ser su tutor, pero ella nunca se matriculó.

—¿Qué?

—Tal y como lo oyes. —Movió la cabeza lentamente en señal de asentimiento como para reforzar sus palabras—. Esta es la Universidad con menor tasa de aceptación del país, la gente hace lo que sea por entrar, y ella hizo la audición, fue aceptada y nunca volvió. Ni siquiera contestó a su carta de admisión.

—¿Por qué?

—Nunca se supo.

—Pero está aquí ahora...

—Dos años después, sin argumentar una excusa válida, solicitó su reingreso. Créeme, alguien debió mover los hilos muy arriba para que se le permitiera la entrada. Este lugar no se toma muy bien los rechazos. Estamos acostumbrados a darlos, no a recibirlos.

—Es decir, que desprecias el talento de la señorita Anglin porque los dejó esperando.

—No es solo eso, cuando regresó ya no era la misma y no ha vuelto a serlo en los tres años que han transcurrido desde su vuelta. El momento de Sorel Anglin ya pasó y, lo que es peor, ella no ha hecho nada por recuperarlo. Viene a clases y, sí, es buena, pero nunca llegará a ser más que eso porque no está comprometida. Ese extra que se requiere, esa necesidad de ser mejor cada día no está en ella. Yo diría que toca el piano porque gracias a su talento es algo que le resulta fácil, pero tú mejor que nadie sabes que el talento no es suficiente. Hace falta pasión y ganas de trabajar.

—Ella tiene pasión, estoy seguro, pude sentirla aquí —Andras se tocó el medio pecho aun cuando se daba cuenta de lo dramático que el gesto podía parecer—, y el que haya hecho la audición demuestra que quiere esto.

—No sé lo que pasa por la mente de esa chica y no estoy seguro de querer averiguarlo, pero de acuerdo con su historial, hoy puede quererlo y mañana ni siquiera recordarlo—. Cristóbal trató de encontrar algún atisbo de razonamiento en los ojos de Andras, pero siempre había sido un testarudo. Eso era bueno cuando de estudiar música se trataba, pero a la hora de hacerlo reaccionar se convertía en un verdadero fastidio—. Haz lo que quieras...

—Eso dice mi contrato. —La sonrisa en la cara de Andras era tan grande que amenazaba con tragar todo su rostro. Había ganado y nadie lo iba a hacer cambiar de parecer.

—Pero tendrás que soportarme cuando llegue mi momento de decirte «te lo dije».

Cristóbal recogió los diez expedientes que reposaban imperturbables en la silla e hizo un esfuerzo por recordar algún rasgo de la cara de Sorel Anglin que le diera alguna pista sobre el desmedido interés de Andras. Era difícil, su apariencia general llamaba la atención en sí, y además usaba tanto maquillaje...

—Andras... —Lo miró como si tratara de examinar algo dentro de él—. ¿Tienes claro que Sorel Anglin es una estudiante y tú un profesor? No puedes... involucrarte con ella.

—¡Por favor!—Andras estalló.

Aunque la idea no le había pasado por la mente, una cierta ansiedad pareció apoderarse de su pecho al escuchar hacia dónde se encaminaban los pensamientos de Cristóbal. Si hubiese sido una quinceañera seguro que se habría sonrojado o al menos tartamudeado.

—Sé que te gustan altas, rubias y sofisticadas. —Cristóbal pareció relajarse—, pero no estaba seguro de si querrías probar algo nuevo. Tú sabes, parece que el cuero, los juguetes, látigos, esposas, ese tipo de cosas, están de moda.

—Vete de una vez. —Andras consiguió soltar una risita, pero millones de imágenes pasaron por su mente y no tenían nada que ver con la versión un tanto pervertida que Cristóbal había esbozado. Eran todas sobre piel blanca que él acariciaba con la misma suavidad que empleaba con las teclas de su piano cuando tocaba un *Adagio*.

Capítulo 3

El día del inicio de las tutorías llegó y Andras estaba tan ansioso como un chico en su primera cita. Nudos en el estómago, palmas sudorosas y demás.

Aunque atribuía la actividad acelerada de sus glándulas suprarrenales a su estreno como profesor, con todo el peso familiar que la historia llevaba consigo, sabía que esperaba de la jornada algo más que demostrar su capacidad de trasmitir conocimientos.

Los dos últimos días habían pasado para él en una especie de frenesí. Hizo de todo para reunir la mayor cantidad de información sobre Sorel Anglin, incluida una búsqueda por Internet que no arrojó más que una cuenta de Facebook y otra de Twitter debidamente protegidas. Eso no era sorprendente, aunque ella aún no era famosa y había otros con su mismo apellido que tenían más entradas.

Se volcó entonces en la información de su expediente académico: buenas notas sin ser sobresalientes, ninguna actividad extra para ganar créditos y muchas ausencias. También estaba el vídeo de la audición que había hecho cinco años antes.

Un sentimiento de satisfacción lo invadió cuando revisó la cinta y pudo reconocer esa chispa dentro de ella, esa cualidad que la hacía excepcional frente a un piano, y que todos parecían pasar por alto ahora.

Pero él la había visto, había sido testigo de que esa flama aún estaba encendida y deseaba estar frente a ella nuevamente. Se había convertido para él casi en una evocación, como el recuerdo que un caminante tiene del calor que existe dentro de su propio hogar cuando se encuentra en descampado en una noche de invierno.

Sin embargo, estaba ese vacío, ese hueco de dos años entre el vídeo que había visto y la Sorel que había regresado a Juilliard. No podía dejar de preguntarse qué le había pasado a esa niña encantadora de largos cabellos negros y mejillas llenas que tocaba el piano como un adulto, para transformarla en esa mujer de aspecto extraño que dejaba percibir parte de su verdadera naturaleza solo en raras ocasiones. Él se sentía afortunado por haber podido verla, pero también quería enseñársela al mundo.

Cristóbal había decidido poner la tutoría de Sorel a la última hora del día, argumentando que si ella decidía no aparecer, al menos Andras podría irse más temprano a casa y trabajar en el «verdadero propósito de su visita».

Las dos primeras sesiones fueron para Andras casi mecánicas. Buscó el repertorio que les hacía falta estudiar a sus pupilos de acuerdo con sus puntos débiles, impartió correcciones y sugerencias y la mayor parte del tiempo estuvo pendiente del viejo reloj colgado en la pared. El segundero parecía conspirar en su contra actuando como un anciano perezoso que se negaba a moverse con rapidez.

Tras la partida de su segundo estudiante y la pausa para el almuerzo, Andras paseó intranquilo por el salón. Acomodó las partituras, tocó unas cuantas escalas, revisó en su teléfono los correos y mensajes que tenía y contestó algunos antes de que la desesperación comenzara a apoderarse de él.

Sorel llevaba ya diez minutos de retraso.

Una sensación muy parecida a la que siempre lo embargaba justo antes de salir a escena se apoderó de su estómago y, el pesimismo más negro, de su cabeza. Ella no se presentaría, no la vería más, y además tendría que aceptar ante Cristóbal que se había equivocado. ¿Por qué se había obnubilado así? ¿Qué demonios tenía esa chica? ¿Por qué lo afectaba de esa forma?

Y ahora ella se atrevía a humillarlo, desperdiciando el favor que le había hecho al pelear para ofrecerle aquella tutoría. Esa chica extraña no tenía ni la más mínima idea de la oportunidad que *él* le estaba brindando en una bandeja de...

—Buenas tardes, maestro Nagy.

Sorel atravesó el umbral con ese andar desenfadado que la caracterizaba y Andras dejó escapar una bocanada de aire que ni siquiera se había dado cuenta de haber estado conteniendo. Pero ni el oxígeno, ni la aparición de Sorel, ni mucho menos la forma en que iba vestida, consiguieron amainar el mal humor que se desató dentro de él ocupando el mismo espacio que hasta ahora había tenido su ansiedad.

—Llega tarde. —Andras echó una mirada significativa al reloj.

Después de ser su enemigo mortal durante todo el día, ahora había decidido convertirlo en su aliado, utilizándolo como la prueba de la irresponsabilidad de Sorel.

Ella hizo caso omiso del comentario y siguió avanzando hacia el piano. En esa ocasión vestía un pesado blusón negro de tela burda que le colgaba hasta las rodillas, unos jeans desgastados y las tradicionales botas. El morral de color indefinido volvía a formar parte de los accesorios, aunque esa vez estaban ausentes de ambas manos las pulseras y los anillos.

Andras no pasó por alto ese último detalle que le dio cierta satisfacción, pero requería una explicación o al menos una disculpa por su tardanza. Posesivamente puso una mano sobre el piano y fulminó a Sorel con la mirada.

—A mi clase se llega a tiempo, señorita Anglin.

—El tiempo es un concepto muy subjetivo, maestro Nagy. —Y le sonrió con la expresión del gato que se ha comido al ratón.

Una sonata para ti

—Debería buscar la definición de «subjetivo» en el diccionario. No hay nada más objetivo que la hora, segundos que conforman minutos y minutos que conforman horas. Si su clase es a las tres, señorita Anglin, y asumimos que trabajamos con la hora de Nueva York, no hay nada de *subjetivo* en relación con la hora en que debe atravesar esa puerta.

—¿Nunca ha sentido que las horas vuelan o los minutos pasan lentamente? —Ella lo miró curiosa y Andras sintió un temor absurdo ante la perspectiva de que pudiera leer su mente—. Todo depende de cómo llenamos esos segundos que conforman minutos y esos minutos que conforman horas. Se puede vivir una vida entera en un día o vegetar durante años. Esa, maestro Nagy, es la subjetividad del tiempo.

Andras abrió la boca para decir algo, pero se dio cuenta de que nada de lo que pasaba por su mente era lo suficientemente inteligente o elaborado. Con rabia agarró una de las partituras que había sobre el piano, una que cuidadosamente había elegido para ella, y se la tendió como si no fuera gran cosa.

—Veamos si también puede tocar con la mano derecha.

Sorel tomó la hoja sin siquiera echarle una ojeada, dejó caer la mochila en el piso y se sentó al piano.

—Estudio Opus 10 N° 1 de Chopin—. Sorel leyó el título de la partitura y luego levantó la vista mirándolo a los ojos con expresión divertida al tiempo que fruncía los labios—. Parece que el maestro Nagy quiere una exhibición.

Sin más comenzó a tocar. Durante los dos minutos de extensión de la pieza, mantuvo su mirada anclada en la de él tocando de memoria, sus manos moviéndose sobre el teclado con una digitación perfecta.

Andras pudo por fin ver sus ojos. Eran verde oscuro, como las aceitunas, salpicados de pequeñas motitas color coral que le daban luminosidad, cosa que a cualquier observador desinteresado se le hubiese pasado por alto con todo aquel maquillaje negro que los bordeaba.

Lo más perturbador en su cara era el pequeño aro que abrazaba su labio inferior en la esquina izquierda y que le hacía preguntarse si se sentiría frío contra la lengua, *su* lengua.

¡Alto! Algo no estaba bien.

Si él podría estar distraído con el color de sus ojos y pensando cosas completamente fuera de lugar sobre sus labios y los respectivos adornos —que por cierto mandaban un impulso directo a la parte inferior de su cuerpo—, obviamente la música que ella estaba sacando del piano había perdido la cualidad maravillosa de hacerle sentir cosas, de transportarlo. Estaba escuchando a la Sorel Anglin de la que Cristóbal lo había advertido.

El pánico de haberse equivocado, de que el Scriabin hubiese enmascarado el talento de la chica y, sobre todas las cosas, de que Cristóbal tuviese la razón, sacó lo peor de él.

—¿Eso es todo lo que puede hacer? —le preguntó hostil y luego bufó—: Parece que me he equivocado con usted. El decano tenía razón. No sirve. Váyase de aquí antes de que tenga la oportunidad de ponerme en ridículo.

Las palabras no habían terminado de salir de su boca cuando Andras quiso tragárselas, y no se trataba de lo despiadadas que habían sido o de cómo podían afectar a Sorel. No. Lo que más lo aterró fue que había sonado exactamente como su padre.

—Pensé que quería una exhibición de técnica de la mano derecha—. Sorel se encogió de hombros, pasando completamente de los insultos que acababa de recibir y que habían sido soltados con la deliberada intención de herirla—. Son solo escalas, toco este estudio cada mañana para calentar. Si quiere que lo maraville, deme algo más difícil.

—¡Presumida! —Andras buscó en el rostro de Sorel algún signo de vergüenza por el regaño, pero solo encontró una expresión muy similar a la que exhibiría un jugador de ajedrez cuando, contra todos los pronósticos, está a punto de dar jaque mate a su oponente. Eso fue lo que lo impulsó a continuar. Si la hubiese visto herida, en alguna forma, de seguro se habría detenido. Él no era su padre—. Un verdadero pianista, uno que merezca mi tiempo al menos, puede tocar cualquier cosa y trasmitir algo. No se trata de sonidos y teclas, sino de emociones. No me interesan robots frente al piano; quiero artistas y si no eres capaz...

—Me alegro de que entienda la diferencia, maestro Nagy —lo interrumpió como si fuera ella la que estuviese a cargo de la lección.

No hubo tiempo de réplicas. Sorel volvió sobre las notas ya no sosteniéndole la mirada, sino completamente curvada sobre el piano, recorriendo la extensión del teclado con los ojos cerrados y el rostro contraído. El cambio fue tan abrupto que Andras sintió una especie de dolor placentero dentro del cuerpo. Nuevamente, esa cualidad especial que ella tenía estaba allí y quedaba demostrado que podía manejarla y ocultarla a placer. La pregunta era por qué.

—¿De qué te escondes, Sorel?—le preguntó casi en un susurro cuando el ultimo acorde dejó de escucharse.

No esperaba una respuesta. La interrogante era más retórica que otra cosa, una necesidad de su boca de verbalizar lo que estaba en su mente para evitar que su cerebro se colapsara ante tantas dudas.

Sin embargo, ella levantó la vista y lo miró sin sonrisa ni rastro alguno de beligerancia. La chica que hacía esa música estaba allí, frente a él, camuflada bajo mucho maquillaje y ropa poco convencional, y era delicada y dulce como las melodías que tocaba.

Sentía la necesidad de alargar la mano y deslizar

los dedos desde su mejilla hasta ese punto sensible que hay en el cuello de los seres humanos donde una vena late demostrando que están vivos, para así cerciorarse de que era real y no un producto de su imaginación.

Más que eso, necesitaba saber si su piel era cálida o fría y si tenía la suavidad que, aunque nunca lo admitiría, ni siquiera a sí mismo, había imaginado.

—Al igual que todo el mundo—le contestó ella con una expresión amarga—, de algo que tarde o temprano terminará por encontrarme.

Como si de repente alguien hubiese abierto una puerta encontrándolos en una situación comprometida, Sorel se puso de pie abruptamente.

—Uff, mire cómo vuela el tiempo, ya tengo que irme.

—Pensé que el tiempo era algo subjetivo—le dijo Andras, aún medianamente atrapado en ese momento que, le parecía, habían tenido.

—¿El gran maestro Nagy me cita? —Sonrió ampliamente y levantó un par de veces las cejas—. Creo que debo ponerlo en Twitter.

Recogió su morral del piso y se encaminó hacia la puerta.

—Sorel...

Andras quería detenerla, decirle algo que la hiciera quedarse, aunque no tenía ni la menor idea de por qué, salvo la tonta impresión de que el salón se sentiría repentinamente enorme y vacío si ella no estaba.

Sin embargo, su mente, esa que siempre tenía miles de millones de preguntas sobre esa chica, no atinaba a encontrar nada. Estaba abarrotada tratando de identificar los sentimientos que se superponían unos a otros desde que entrara por la puerta.

—Improvisación—le dijo ella volviéndose cuando estaba a algunos pasos de la puerta.

Aunque aquello no era una pregunta ni tampoco un tema claro sobre el cual elaborar una conversación, Andras decidió asirse a la idea como único recurso para que ella no se fuera, no tan pronto.

—¿Quieres mejorar tus técnicas de improvisación? —Ahora sí que su mente estaba trabajando en algo que podría ser productivo—. Ese tipo de entrenamiento requiere tiempo y de ninguna manera vamos a quitárselo a su tutoría, señorita Anglin. Si está muy interesada, podríamos estructurar una especie de estudio independiente, fuera del campus.

Imágenes de una Sorel sin maquillaje, sentada en el medio del apartamento en el que vivía en Nueva York y acariciando con suavidad las teclas de su piano del cual hacía brotar sonidos que lo transportaban, ocuparon todas sus neuronas y algo dentro de él se sintió tibio y denso, como bañado en miel.

¿Qué rayos estaba pensando? Y lo que era más preocupante, ¿qué rayos estaba sintiendo? Eso estaba mal en muchos aspectos. Lo único que le faltaba era imaginar cortinajes blancos cayendo en cascada alrededor del piano y a Sorel vistiendo una vaporosa bata.

—Es un bar. —Sorel rio por lo bajo y Andras se preguntó cuánto tiempo había estado atrapado en su diatriba mental para que la conversación hubiese avanzado hacia otro tema sin que él se diera cuenta—. Se llama Improvisación, está en Greenwich Village.

¿Lo estaba invitando a salir?

La perspectiva le generó un hormigueo en sitios verdaderamente incorrectos y tuvo que refrenar el impulso de sonreír satisfecho, pues esa no era una conducta aceptable y él, como su maestro que era, tenía que hacérselo saber.

—Tal vez pueda aprender algo —añadió suavemente antes de salir, sin darle tiempo ni a aceptar ni a rechazar la invitación.

El maestro en su interior estaba sorpresivamente callado, pero el hombre, el hombre sentía una necesidad irracional de correr hacia ella.

Capítulo 4

La inquietud lo estaba matando.

Desde que salió del salón de clases hasta que llegó al apartamento que Juilliard le había asignado para su estancia en Nueva York, su mente no dejó de trabajar.

Toda su actividad cerebral se podía resumir en el dilema shakesperiano más viejo de todos los tiempos: ¿ser o no ser? o, como se ajustaba mejor en este caso, ¿ir o no ir?

Pensaba que era muy atrevido por parte de la chica haberlo invitado a salir. ¡Él era su profesor, por todos los Cielos! Además de una personalidad a la que se reverenciaba en el mundo de la música clásica. Ninguna estudiante, por talentosa que fuera, podía estar invitándolo a un bar a tomar un trago como a cualquier vecino.

Aunque, en honor a la verdad, ella no lo había

«invitado» a salir propiamente dicho. Solamente le había hecho una sugerencia sobre un sitio al que podía ir «para aprender algo».

Esa era otra cosa que lo irritaba profundamente. Sorel no dejaba de darle indicaciones en ese sentido como si milagrosamente sus posiciones se hubieran invertido y ella fuese la encargada de enseñarle.

Si alguien tenía que aprender algo era ella, como por ejemplo a controlar su abuso del *Rubato* y tocar la música en el tempo en el que había sido escrita —aunque no podía negar que su manera especial de desacelerar y acelerar era lo que hacía su interpretación tan maravillosa—, también podía enseñarle a parecer una pianista para que la tomaran en serio, aunque, claro, sin restarle nada a su aire rebelde que podría ser muy llamativo dentro de la música tradicional.

De una cosa no le quedaba duda: Sorel necesitaba una lección sobre la forma correcta de tratar a un maestro como él.

Definitivamente, se quedaría en casa y así le mandaría un mensaje de cómo su relación maestro-estudiante debía funcionar.

—Esa será tu primera lección, mi joven Padawan —dijo en voz alta sonriendo.

Siempre había querido utilizar esa frase de *La Guerra de las Galaxias,* aun cuando en esa oportunidad no hubiese más testigo que el salón vacío.

A pesar de la determinación de sus palabras, a su

agitada mente parecía no haberle llegado el memorándum.

¿Qué sabía él de las relaciones entre estudiantes y profesores? Nunca había enseñado a nadie y sus tutores —primero su padre, luego en el conservatorio en París y finalmente Cris— siempre lo habían tratado con familiaridad.

Cuando era invitado por alguna orquesta a participar en sus temporadas por lo general había fiestas o convites más «personales», pero se trataba de colegas de su misma edad, no de estudiantes siete años menores.

¡Sí, siete años! Había sacado la cuenta.

Cristóbal le había advertido que no se involucrara con Sorel, pero salir a tomar algo no era involucrarse, ¿o sí?

Podían simplemente tener una discusión de tipo académica.

Para acallar las voces en su cabeza, Andras optó por darse una ducha. No era que tuviera pensado salir ni nada de eso.

En lo que se metió bajo el chorro de agua caliente no pudo evitar pensar que era cálido como la sonrisa de Sorel y que se deslizaba por todo su cuerpo como la música que ella tocaba, envolviéndolo y llenándolo de una adrenalina de efecto extraño: lo inquietaba y al mismo tiempo le daba una sensación de paz.

Sin ser plenamente consciente de lo que hacía,

bajó la mano hasta su estómago rozando su piel delicadamente y algo más abajo se tensó con deliciosa anticipación.

¿Qué demonios estaba haciendo?

Abrió los ojos de golpe y, entre el cristalino desenfoque que le producían las gotas de agua resbalando por sus pestañas, se encontró con que una de sus manos estaba apoyada en una de las paredes de la ducha y la otra... bueno, la otra estaba haciendo algo que se sentía bien, pero estaba mal, si tenía en cuenta quién era la que ocupaba su mente en esos momentos.

Con una maldición terminó lo que había empezado, porque ya a esas alturas no había marcha atrás, pero la sensación final, la explosión caliente que tenía por toda intención liberarlo, lo dejó vacío.

Más frustrado que cuando entró, salió de la ducha, se enrolló una toalla en la cadera y se sentó al piano.

Desde que era niño, esa era la única manera que tenía de pensar con claridad. Solo así sus sentimientos se alineaban con su cerebro y las respuestas a sus dilemas surgían sin muchas complicaciones.

A pesar de todo su publicitado exterior, la música para él seguía siendo lo mismo que al principio: la forma en la que se conectaba con el mundo.

Pero en aquella ocasión nada era suficiente. Intentó con Mozart, Schubert y Beethoven, pero Sorel seguía en sus pensamientos, con una mezcla de deseo y vergüenza que sustituían la curiosidad inicial.

Trató algo más técnico como Rachmaninoff o Liszt, pero ni aun así podía concentrarse.

Dejó que sus dedos resbalaran despreocupados por el teclado, sacando sonidos aquí y allá que le evocaban la sonrisa indescifrable de la chica, parte inocente, parte presumida. Pensó en lo blanco de su piel y en esa cualidad satinada que tenía, y en ese aro en su labio inferior.

Sorel era ruda y al mismo tiempo suave; inteligente y sarcástica pero contradictoriamente tenía cierto aire inocente.

¿Cuál era la verdadera? ¿Cuál era el interior y cuál la fachada? ¿Podía ser ambas a la vez sin resultar una farsa?

—Debería escribir esto —se dijo Andras mirándose los dedos sorprendido.

Sin darse cuenta, había empezado a tocar una melodía desconocida que bien podía transformarse en el tema de un primer movimiento de una sonata.

Lo poco que había logrado sacar se escuchaba dulce y juguetón, pero tenía personalidad.

«Se parece a Sorel», le dijo una voz en su cabeza que por una vez no identificaba.

Tratando de convencerse a sí mismo de que algún mecanismo cósmico se había puesto en movimiento haciendo que las piezas invisibles engranaran, pues lo habían invitado a un bar llamado Improvisación e improvisar era lo que acababa de hacer luego de meses de la más extenuante sequía, Andras fue a su clóset a por algo de ropa y salió hacia el Greenwich Village.

Capítulo 5

El nombre Improvisación en un bar en la zona bohemia de Nueva York evocaba en Andras la idea de un antro de los años veinte donde talentosos músicos de jazz y soul daban lo mejor de sí en espera de ser descubiertos. Nada más alejado de la realidad que tenía al frente y que se le estampaba en la cara con las mismas dimensiones que el portero del único y real Improvisación en Greenwich Village.

Parecía que todos los que esperaban para entrar habían sido vomitados desde el interior de una tienda de sadomasoquismo. No recordaba haber estado en un sitio con tanta abundancia de ropa negra, cuero y maquillajes dramáticos. A pesar de haber optado por un atuendo casual, se sintió completamente fuera de lugar con sus vaqueros oscuros, su camisa blanca de botones y su americana gris plomo. Tampoco ayudaba el hecho de que no llevase ningún tipo de joyería pesada de color plateado o algo con púas y que su cabello color cobre no estuviese largo hasta los hombros o rapado, sino en un punto intermedio producto de un buen estilista.

Estuvo a punto de dar la vuelta e irse. Sin embargo, la curiosidad de saber si Sorel estaba dentro y, lo que era más importante, el orgullo de demostrarle que él podía ajustarse a cualquier ambiente, pudo más que cualquier imagen mental de él siendo aplastado por algún motorista molesto o, lo que era peor, de sus tímpanos destrozados por la estridencia que aquellos sujetos llamaban música, convirtiéndolo en una especie de Beethoven moderno, pero, y esa era la verdadera tragedia, sin el talento del alemán para la composición.

Andras no era ajeno a los bares o las discotecas. Cuando viajas por todo el mundo y tu compañero de habitación es particularmente fiestero, las escapadas nocturnas son materia obligada en el itinerario. Había bailado hasta el cansancio en discotecas en Praga y París, se había emborrachado en pubs de Londres y había fumado su primer cigarro en un bar que se asemejaba a un invernadero en medio de un bosque cerca de Nápoles; pero aquel ambiente rock/trash/arrastramealinfierno nunca había sido su escena, ni siquiera cuando era más joven.

Poniendo su mejor cara de «estoy acostumbrado a esto, solo que me gusta parecer diferente», pagó la tarifa de entrada, esperando que no le exigieran mostrar algún tipo de tatuaje para permitirle pasar, y trató de caminar hacia la barra sin dar muestras de estar buscando a alguien con la mirada.

Entre gritos pidió un tequila a una camarera cuyo top parecía más bien un collar largo hecho de intrincadas cadenas entrecruzadas que tapaban únicamente los puntos más sensibles, y rezó para que Dios le concediera la suficiente entereza para soportar el ruido que hacía la mal llamada música, conjuntamente con el coro exaltado de la multitud, el tiempo suficiente para que Sorel lo encontrara, en caso de que estuviera allí.

Al parecer uno de sus ruegos fue escuchado pues transcurridos unos cuantos minutos una voz diferente sonó desde el escenario. Era áspera pero poderosa, y los sonidos que escapaban de las guitarras, bajos y batería parecían tener no solo ritmo, sino también melodía. Aunque no podía identificar totalmente las palabras, la letra hablaba de expectativas no cumplidas, de sacrificios y de un futuro incierto. El conjunto de la voz, la música y la letra de alguna forma te tocaban, aun cuando estuvieras decidido a no prestarle atención.

Tratando de otear más allá de las fronteras de la multitud, pudo apreciar sobre el escenario lo que consideraba el típico espécimen de la música rock tradicional: un hombre alto, esbelto, con un cabello color chocolate claro que le caía más abajo de los hombros, vestido solamente con unos desgastados vaqueros y una guitarra terciada en el pecho. Cantaba con los ojos cerrados, prácticamente devorando el micrófono, como si estuviera en trance.

Ahora que la situación era más soportable, pidió otro tequila y se permitió escrutar más calmadamente sus alrededores, esperando encontrar a la responsable de su comportamiento errático y de la intranquilidad de sus pensamientos desde hacía unos cuantos días, sin mencionar el asunto de la ducha. Necesitaba preguntarle qué necesitaba aprender en un sitio como aquel y, lo que era más importante, por qué a ella parecía importarle tanto.

—¿Buscas a alguien? —le preguntó la camarera, mostrándose, a diferencia del resto de las mujeres en el lugar, más interesada en él que en el cantante sobre el pequeño escenario.

Era bonita. Rubia, curvilínea y no era una niña, cosa que era evidente a pesar de que la tirante cola de caballo que sostenía su melena en lo alto de la cabeza estirara cualquier incipiente arruga que amenazara con aparecer cerca de sus ojos.

Viendo una oportunidad, Andras decidió sacar todo su encanto para acabar con la situación de una buena vez, y no había nada que llamara más la atención de las mujeres que un acento extranjero.

—Una amiga me invitó, pero no la he visto. No es que me esté quejando de la vista... —le guiñó un ojo y de un trago acabó con el tequila—, pero estoy empezando a temer que me equivoqué de lugar.

—Yo pensé lo mismo cuando te vi entrar. —Ella sonrió al tiempo que se inclinaba sobre la barra, y las cadenas que formaban su top tintinearon al chocar unas con otras—. Resaltas y no solo por lo lindo—. Echó una mirada significativa a la camisa y a la americana—. No eres de por aquí, ¿verdad?

—Soy húngaro. —Andras estaba convencido que la mujer no tenía idea de dónde quedaba Hungría, pero si eso lo hacía parecer más exótico, pues mejor—. Mi amiga, ella sí es de aquí y me refiero tanto a la ciudad como al ambiente. Estoy seguro que es una asidua a este lugar. Me gustaría saber si vino, para poder decidir qué voy a hacer con el resto de la noche.

Ella pareció captar la indirecta. Sonriendo de forma sugerente tomó la botella de debajo del mostrador y le sirvió otro trago.

—A este invita la casa.

—Gracias. —Haciendo el ademán universal del brindis hacia ella, vació el vaso.

—¿Y esa amiga tiene nombre?

—Sorel, Sorel Anglin.

La mujer levantó las cejas sorprendida y dio un par de pasos hacia atrás, ladeando la cabeza para estudiar mejor a Andras, ya no viéndolo con ojos de interés, sino con genuina curiosidad. Poco a poco una sonrisa cómplice se le coló en los labios.

—¿Eres músico?

—Pianista—contestó cauteloso.

Una sonata para ti

—Obviamente... Solo estaba confirmando. —Hizo un pequeño mohín—. Nunca pensé que...

Pero no pudo terminar la oración. Otra voz que, a pesar de haberla escuchado solo unas pocas veces la mente de Andras ya identificaba tan fácilmente como un do mayor, llenó el lugar extendiéndose por el sistema de sonido.

Sorel.

—Saben que no subo aquí a menudo, pero hoy es un día especial.

La vista de Andras vagó por cada uno de los rincones del club hasta que encontró a Sorel en el escenario sentada frente a un desvencijado piano vertical. Hablaba a un micrófono colocado sobre un pedestal encima del instrumento, pero su vista estaba fija en él con una sonrisa que anticipaba travesuras o problemas, tal vez ambos. Parecía decirle: «Has caído en la trampa y ahora voy a comerte, pero será divertido», y cuando ella sonreía de esa manera, él estaba más que dispuesto a lo que viniera.

En el momento en que sus ojos se encontraron fue como si todos los sonidos del atestado bar cesaran, tal vez lo hubieran hecho, no estaba seguro pues para él el tiempo se había detenido y, toda actividad a su alrededor, paralizado.

—Un amigo mío está aquí hoy—continuó Sorel exacerbando el acento cantarín que había exhibido el día que se conocieron—. Y quiero saludarlo de forma especial.

Andras levantó las cejas en un claro gesto interrogativo y por toda respuesta en el desvencijado piano Sorel comenzó a tocar la Rapsodia Húngara Nº 2 de Liszt.

No pudo menos que soltar una ruidosa carcajada.

—Shh—le susurró airado un sujeto de cabeza rapada, cráneo tatuado y un aro que atravesaba sus dos orificios nasales, dándole todo el aspecto de un toro con muy malas pulgas.

Fue entonces cuando Andras cayó en la cuenta de que el lugar estaba en completo silencio, salvo por las notas que tocaba Sorel. La situación era casi surrealista: punks, emos, rockeros, todos miraban abstraídos hacia el escenario y, lo que era aún más extraño, nadie protestaba por el brusco cambio de repertorio.

Ellos tal vez no pudieran apreciar, como lo hacía él, los aspectos técnicos de la actuación de Sorel: su técnica brillante, su digitación perfecta y los sonidos precisos que lograba arrancar de un piano que no estaba a su altura. Sin embargo, tal y como le había sucedido a él mismo con el Scriabin, el público estaba rendido ante lo que su música trasmitía.

Cuando pensó que la situación no podía volverse más extraña, el rockero alto de cabello por los hombros se presentó en el escenario con la guitarra eléctrica y ambos se embarcaron en un dueto versionado sobre la partitura original.

Ese fue el momento en el que la audiencia estalló

Una sonata para ti

en gritos de aprobación e incluso Andras tuvo el deseo de hacer lo mismo.

Hipnotizado, como una rata por la música del flautista del cuento, abandonó su lugar frente a la barra y fue acercándose al escenario. La versión era magistral y la sincronización de los dos le decía no solo que estaba frente a un par de virtuosos, sino también que era imposible que aquella interpretación fuese algo del momento.

La pieza culminó y la ovación se incrementó como un coro embravecido pidiendo más. El rockero saludó levantando un brazo antes de dar un dramático giro para tomar la mano de Sorel, besarla y ayudarla a levantar.

En ese momento Andras pudo ver un tatuaje que hasta el momento le había pasado desapercibido. Desde la cara interna del antebrazo de la futura estrella del rock hasta casi su hombro estaba escrito en letra cursiva *Sorel*.

Hasta ese entonces Andras no tenía idea de que un tatuaje pudiera tener el mismo efecto que un puñetazo en la boca del estómago. No es que le hubieran dado uno alguna vez, pero imaginaba que se sentiría de esa manera.

Por un breve momento pudo entender completamente a Otello, a Godzilla y hasta al mismo Anakin Skywalker en el momento de convertirse en Darth Vader. Pero al mismo tiempo, su parte racional, el maestro como solía llamarla, actuaba como la voz de la razón: «¿Qué te pasa? Ella es tu estudiante, no tu novia de secundaria. Claro que tiene una pareja con su nombre tatuado».

Sorel se inclinó hacia su acompañante y le susurró algo en el oído. El sujeto «algún día seré la portada de la *Rolling Stone*» lo miró directamente, saltó del escenario y ayudó a bajar a Sorel antes de desaparecer tragado por un océano de fanáticos.

Tras detenerse brevemente para recibir algunas felicitaciones, Sorel llegó frente a Andras, quien no sabía exactamente dónde poner sus manos ni tampoco sus ojos.

Las primeras las cruzó detrás de su espalda tratando de parecer serio y sosegado, pero los segundos tardaron un rato en decidirse. Viajaron desde el aro de su labio inferior, pasando por los pronunciados huesos de sus clavículas y su top negro de mangas largas anudado justo debajo de su busto, se detuvieron brevemente en su ombligo y amenazaron con ir más abajo.

¿Por qué tenía que llevar un pantalón de cuero negro de corte superbajo?, se preguntó con una especie de placentera amargura.

La tela llegaba justo a esa frontera sobre la cual él nunca hubiese pensado, al menos no fuera de la ducha, de no estar evidenciada por el contraste de lo blanco de su piel y lo negro del material que la cubría.

Apelando a su fuerza de voluntad y a su buen juicio, subió la mirada para encontrarse con esos ojos que, entre tanto maquillaje y la penumbra del lugar, se veían casi negros.

—Impresionante—le dijo con el tono más académico del que fue capaz.

—¿La rapsodia?—preguntó jugando un poco con el aro de su boca.

—Tú —dijo como primer impulso antes de corregir sus palabras—, tocando esa rapsodia.

—Pensé que le gustaría, maestro Nagy —contestó encogiéndose de hombros.

—Para ser honestos, normalmente no es de mis favoritas.

Un gesto de duda pasó por la cara de Sorel.

—¿Desde cuándo?

—Desde que la escuché treinta y siete veces durante las audiciones para la tutoría—mintió Andras. De hecho, la Rapsodia era el recordatorio constante de la tormentosa relación que mantenía con su padre. Por ese motivo hacía unos cuantos años la había sacado de su repertorio. Pero esos no eran detalles que compartiría con ella—. Sin embargo, esta fue diferente.

—Baila conmigo...

El abrupto cambio de tema así como el inesperado ofrecimiento sorprendieron a Andras, tanto que creyó que su mente le estaba jugando una mala pasada haciéndolo escuchar cosas que su fuero interno deseaba secretamente.

—¿Qué?

—Perdón. —Ahora era ella la que parecía avergonzada—. Baile conmigo, maestro Nagy.

Andras tuvo que sonreír. Ella siempre lo hacía sonreír por sorpresa y la sensación era lúdica, casi infantil.

—No creo que sea... —¿Una buena idea? ¿Prudente? Haber ido hasta allí y pensar en ella en la ducha era una cosa, pero otra muy distinta era pegar sus cuerpos, aun con capas de ropa de por medio. ¿Quién sabía cómo terminaría todo? Por otro lado, ella no había propuesto otra cosa que bailar y su actitud, si bien juguetona, era amistosa, mas no explícitamente provocadora. El problema era él, su mente y los lugares adonde la muy traidora parecía querer ir—. No se me da bien.

—¿Un músico sin ritmo? —Sorel chasqueó la lengua—. No le estoy pidiendo que bailemos tango o una cuadrilla, solo que demos unos pasitos de lado a lado mientras la música hace tun, tun. —A continuación hizo una breve demostración, moviendo los brazos y los pies de manera torpe. Definitivamente, aquello dejaba claro que el baile que ella tenía en mente no era otra cosa que un baile—. Será fácil, prometo no avergonzarlo.

Andras logró desembarazarse de su argumentación moral, pero recordó que había algo más, o más bien *alguien más* de quien preocuparse, y era el hombre de cabellos largos que ahora los miraba, aparen-

Una sonata para ti

tando que no lo hacía, desde una de las esquinas del escenario mientras guardaba su guitarra.

—¿Y a tu amigo no le molestará? —Hizo un gesto con la cabeza hacia el lugar donde se encontraba el guitarrista.

—Seguramente. —Sorel ni siquiera volteó para ver a quién se refería—. Cash es un poco sobreprotector, pero sabe que usted es mi profesor y mi invitado. Además, él no baila, no conmigo.

¿Sobreprotector? A Andras se le ocurrían muchos otros términos y el más civilizado era posesivo, y como prueba concluyente estaba eso del nombre tatuado por todo su brazo para que no quedara lugar a dudas.

—Tal vez sí se moleste si sabe que le he pedido bailar y no ha querido. —Sorel puso su expresión de niña inocente, abriendo mucho los ojos y mordiéndose el aro del labio, un gesto repetitivo, como un tic, que hacía que Andras se preguntara si se sentiría tan bien hacerlo como se sentía verlo—. Él no entiende todo eso de la reverencia a los maestros.

—¿Me está amenazando, señorita Anglin?

—¡Jamás! —Fingidamente se llevó una mano al pecho—. Aquí manejamos el concepto de los incentivos educativos.

Allí estaba otra vez esa cualidad de juego que parecía envolverlos cuando estaban juntos. Una parte de Andras quería salir a retozar y no le importaba cuáles fueran las reglas.

Siguiendo un impulso más que una decisión previamente meditada, colocó ambas manos en las caderas de Sorel, justo encima de los huesos de su pelvis, y comenzó a moverse balanceándola a su propio ritmo.

Lo que estaba haciendo estaba mal, lo sabía y no le importaba. Además, las cosas no pasarían de un inocente baile.

—Pensé que yo era el maestro aquí—le susurró Andras al oído, inclinándose hacia ella. Ya le echaría la culpa al tequila al día siguiente.

Sorel dio un respingo, casi imperceptible. Si Andras no hubiese tenido las manos agarradas a su cadera, no lo hubiese sentido. Sin embargo, cuando subió la vista se encontró con que su expresión no había cambiado.

—Los grandes maestros deben aprender constantemente de sus estudiantes, de lo contrario pierden la conexión con la realidad entre tantos fanáticos y aduladores —le dijo Sorel y, a pesar de que se movía con él y las partes superiores de sus cuerpos estaban lo suficientemente cerca para mantener esa conversación mientras la música sonaba a todo volumen, ella no había hecho el más mínimo intento por salvar la distancia que separaba sus partes inferiores.

—¿Y tú qué vas a enseñarme, Sorel? —No podía evitarlo, le gustaba decir su nombre. La sensación de la erre y la ele deslizándose por su lengua era lo más parecido a dejar que se disolviera en su boca un pedazo de chocolate suizo.

Una sonata para ti

—Si se lo digo...

—¿Vas a tener que matarme?

—Todos morimos un día u otro, pero no, lo que iba a decir es que, si se lo digo, el viaje perdería todo sentido. Cada quien debe descubrir su propio aprendizaje en el camino, llegar a la meta es irrelevante.

Andras estaba punto de preguntarle si pertenecía a alguna secta o culto religioso, o si en sus ratos libros escribía libros de autoayuda para pagarse los estudios de piano, pero una pesada mano se posó sin ninguna delicadeza sobre su hombro y tuvo que voltear.

—Me dijeron que esta era tu bebida. —Cash sostenía con una mano una botella de tequila llena mientras la otra continuaba aferrada al hombro de Andras—. ¿No nos presentas, Sorel?

A Andras le resultaba desagradable escuchar el nombre de Sorel salir de otra boca que no fuese la suya. Le hacía preguntarse si le producía la misma reacción sensual que a él y esa posibilidad también lo enfadaba.

—El maestro, Andras Nagy —dijo Sorel educadamente—. Como te comenté es mi nuevo tutor.

—Fue impresionante eso que hiciste allá arriba. —Andras dio un paso al lado para desembarazarse de la mano de Cash de la manera menos brusca posible—. Nunca había escuchado una versión de Liszt así.

—Forma parte de los incentivos académicos de

Sorel. —Cash parecía complacido por el elogio, aunque era evidente que estaba haciendo un gran esfuerzo por ocultarlo—. Pone una partitura frente a mí y yo debo tocarla con ella. Si lo hago bien recibo un premio. Aunque debo reconocer que algunas veces me aburre y le pongo un poco de lo mío.

Cash rio y su risa era tan franca, de esa que llega hasta los ojos causando pequeñas arruguitas alrededor, que Andras estuvo a punto de que el muchacho comenzara a agradarle, siempre y cuando dejara de llamar a Sorel por su nombre.

Era talentoso y él siempre había sentido debilidad por las personas talentosas. Además, a pesar de su aspecto, era ese tipo de personas llanas, sin ninguna sombra en la mirada. El típico buen muchacho que vive en la casa de al lado, que hace deporte y es el orgullo de papá y mamá.

—Algunas veces le salen cosas absolutamente maravillosas—Sorel habló mirando a Cash con una mezcla de ternura y adoración, y Andras volvió de nuevo al punto en que el chico ya no le era tan simpático.

Después de un par de segundos en el que Cash y Sorel parecieron tener una conversación silenciosa, ella volteó a mirar a Andras.

—Tocar cosas clásicas es bueno para su técnica —explicó casi como una disculpa.

—¿Sabes leer música? —Andras cruzó los brazos sobre el pecho tomando nuevamente su postura de gran maestro. La relación entre esos dos no le gustaba. Si Sorel tenía que admirar a alguien y verlo con adoración, era a él.

Las carcajadas de Cash sonaron incluso más fuertes que la música.

—Típico —dijo sin dar mayor muestra de estar ofendido por la insinuación—. ¿Toca el violín, maestro Nagy? ¿La guitarra? —Andras no contestó—. Yo sí, además de piano, y leo música también, así que ¿por qué no me llama usted a mí «maestro Cash» desde hoy?

—¿Qué tal si te llamo Cash y tú me llamas Andras? Podríamos empezar por ahí.

—Toda negociación es siempre más placentera si el señor José está presente. —Estampándole la botella de Tequila a Andras en la mano, Cash le pasó el brazo por los hombros y lo condujo hacia la barra, donde iniciaron un largo debate sobre si la música barroca había sentado las raíces para el heavy metal.

Capítulo 6

Pensamientos inconexos. Eso era lo único que Andras conseguía tener a la mañana siguiente cuando recuperó la conciencia. Le dolía la cabeza. Agua. Aspirina. Mucha luz. Demasiado señor José. ¿Eso que sonaba era un piano? ¿Quién rayos tocaba Chopin a esa hora?

Todas esas consideraciones quedaron relegadas a un segundo plano cuando abrió los ojos, bueno casi todas. El dolor de cabeza era demasiado para pasarlo por alto.

Estaba en una habitación que no conocía, acostado en una cama que no era la suya y vestido con un pantalón de ejercicio que no le pertenecía.

Al menos, no había terminado en un antro de mala muerte.

La habitación era bonita, ligeramente femenina, de techo alto y piso de madera. La cama doble de hierro forjado con pequeños detalles de florecitas retorcidas y el cobertor blanco le habían servido bien durante la noche. No podía quejarse, aunque por la estrecha ventana que se extendía casi de techo a piso entraba una luz que parecía apuñalarle los ojos.

De la noche anterior recordaba hasta cierto punto, pero siempre le pasaba lo mismo con el tequila: todo parecía estar bien y se mantenía en perfecto uso de sus facultades hasta que alguien bajaba el interruptor y a partir de ese punto no recordaba nada. Con el señor José, o cualquiera de sus primos, no había ese lento estado de embriaguez que se apodera del cuerpo humano centímetro a centímetro, era más bien una toma hostil no anunciada.

Por lo pronto, más que sus recuerdos perdidos de unas cuantas horas, necesitaba agua, litros y litros de agua, y algún calmante para la cabeza, que le parecía tres veces más grande de su tamaño habitual y rellena de algodón, cosa que, contradictoriamente, no amortiguaba el retumbar doloroso que ya se extendía hasta el cuello.

Seguir el sonido del piano detrás de la puerta cerrada parecía su mejor opción.

Y allí estaba ella. Sorel. Tocando en un Yamaha negro de cola el estudio de Chopin que él le había asignado en su primera clase.

El piano ocupaba la mayor parte de lo que parecía ser un ático reconstruido hasta tener una apariencia de fina distinción. Pero ni las guitarras esparcidas en diversos pedestales alrededor del piano, ni la falta de mobiliario, mucho menos la cocina con encimeras de mármol que se podía entrever al fondo o el moderno sistema de televisión empotrado en una de las paredes lograron captar ni un ápice de la atención de Andras. Tampoco, y por primera vez desde que la conoció, la música que estaba tocando era lo que lo capturaba.

Era simplemente ella, sin maquillaje, vistiendo únicamente una camiseta que le llegaba por debajo de los muslos y tocando el teclado con sus largos dedos y los ojos cerrados. Sorel parecía ser lo único a lo que valía la pena echar un ojo.

Despojada de toda la parafernalia, era como él había supuesto: delicada. Hasta sus pies descalzos que alcanzaban los pedales tenían una cualidad etérea, irreal. Parecía salida de un sueño que nunca antes había tenido la facultad de recordar pero que estaba seguro había tenido en algún momento.

Como quien se siente observada, abrió los ojos y poco a poco volteó la cabeza hacia él sin dejar de tocar, y esa sonrisa que parecía calentar todo a cien kilómetros a la redonda tomo posesión de su cara.

—Buenos días, maestro Nagy —dijo conjuntamente con el último acorde y se puso de pie.

Nuevamente el borde de la camiseta marcó la frontera que él quería traspasar solo que, contrariamente a la noche anterior —y eso lo recordaba con toda claridad—, el territorio desconocido estaba hacia arriba y no hacia abajo, aunque la locación era la misma.

Andras se concentró en sus tobillos y adivinó que así debían de sentirse los caballeros de la época victoriana cuando las doncellas les mostraban esa parte del cuerpo. Hasta ese instante, nunca se le hubiese ocurrido pensar que los tobillos fueran sexys.

—Buenos días. —La voz le salió demasiado hosca así que por esa vez, y a propósito, obvió mencionar su nombre al final del saludo. Era un hombre como cualquiera y ella estaba escasamente vestida. Sería demasiado agregar las sensaciones que decir su nombre habitualmente le producían a las mañaneras que su sexo normalmente experimentaba—. ¿Siempre comienzas el día con Chopin?

Sorel llegó hasta una pequeña mesa situada cerca del piano y durante todo el trayecto Andras disfrutó del espectáculo de sus pies deslizándose sobre los tablones de madera pulida. Tuvo que subir la vista cuando se dio cuenta que esos pies ahora venían en su dirección.

—Le dije que usaba ese estudio como ejercicio, tiene buenas escalas. —Se encogió de hombros—. Seguro que esto le vendrá bien.

Cuando la mirada de Andras volvió al nivel habitual para un hombre de su estatura, notó que «esto» eran, de hecho, dos cosas, que Sorel le tendía una en cada mano: un vaso de jugo de naranja y dos aspirinas.

—Gracias —dijo Andras dándole el requerido uso a la bebida y a las medicinas—. ¿Esta es tu casa?

Por primera vez se tomó el tiempo para apreciar la estancia en la que estaba y casi lo hizo reír toparse con aquella nueva contradicción: la chica gótica, que era delicada y dulce, vivía en un lugar que no tenía paredes negras ni velas. ¿Qué sería lo siguiente? ¿Hornearía pasteles en su tiempo libre?

—Vivo aquí, aunque técnicamente es de Cash.

Cash. Extrañamente, al escuchar el nombre algo dentro de la mente de Andras lo relacionó con un buen tipo, un músico talentosísimo que podría incluso tener madera de amigo. No obstante, el último recuerdo que tenía de él y de su relación con Sorel lo empujaban hacia la consideración opuesta.

No podía gustarle Cash pero tampoco podía gustarle Sorel, no de la forma en que había empezado a gustarle. ¡Maldito señor José y sus efectos secundarios!

—No recuerdo mucho de anoche.

—Le hago un resumen. —Sorel retrocedió hasta sentarse nuevamente en la silla del piano, aunque en esa ocasión se quedó mirando hacia él. Como precaución, y para decepción de Andras, estiró la camiseta hasta que le llegó casi a las rodillas. Solo en ese momento notó el logo estampado al frente de la prenda: la lengua roja de los Rolling Stones. Hasta Mick Jagger se burlaba de él—. Conversó con Cash durante horas sobre música, autores, composición, se tomaron dos botellas de tequila y, como no sabemos dónde vive y no parecía lo suficientemente consciente para dejarlo en un taxi, Cash decidió traerlo aquí. Lo cambió de ropa, lo metió en la cama, asegurándose de dejarlo boca abajo...

—¿Alguna cosa embarazosa que deba saber?

—Le prometió a Cash que tocarían juntos... la guitarra, no el piano.

—Yo no toco la guitarra.

—Si tocara la guitarra no sería embarazoso, ¿o sí, maestro?

Sorel sonrió más ampliamente y Andras se contagió, soltando una audible risilla.

—Creo que después de lo de anoche podemos prescindir de los títulos y tutearnos, al menos cuando no estemos en público.

—Humm. —Pareció meditarlo un rato—. Es un paso muy serio. No sé si estamos en ese punto de nuestra relación.

—Dilo, Sorel.

Por alguna razón que desconocía quería escuchar cómo sonaba su nombre en sus labios.

—Andras.

Una especie de corriente eléctrica le recorrió el cuerpo al escucharla, asemejándose a un latigazo aplicado directamente en la espina dorsal que amenazaba con partirlo en dos. Sí, definitivamente, su nombre sonaba tan bien en sus labios como el de ella en los suyos.

El ruido de un ascensor antiguo y de una reja al descorrerse pareció surtir el mismo efecto que un alfiler incrustándose contra un globo. La pompa de jabón en la que habían estado hizo pop al mismo tiempo que un Cash vestido con unos vaqueros desgastados y una camiseta sin mangas entraba en el sofisticado desván cargado con lo que, evidentemente, eran bolsas de compras.

—Andras, mi amigo, qué bueno que estás de regreso en el mundo de los vivos. Temí que tuviera que meterte bajo un chorro de agua fría. Yo pensé que los europeos soportaban mejor el alcohol...

—Cash... —El tono de Sorel era de amonestación, cariñosa, sí, pero amonestación al fin.

—¿Qué?—contestó él dejando las bolsas sobre la encimera de la cocina y levantando las manos en señal de defensa—. Eso leí por ahí.

Sorel se fue hasta el área de la cocina con un suspiro resignado y comenzó a ayudarlo a sacar los víveres.

—Creo que eso solo es aplicable a las bebidas europeas: vino, whisky, cerveza. No para las sudamericanas, esas están en una liga diferente—contestó Andras caminando tras ellos.

—¿La cerveza es europea?—Cash parecía genuinamente sorprendido y Sorel cerró los ojos e hizo un movimiento impaciente con la cabeza.

Andras no sabía qué más decir. El ritmo que tenían esos dos lo había dejado momentáneamente aturdido. La forma sincronizada en que se movían dentro de la cocina guardando la compra al tiempo que preparaban la máquina de café era igual que verlos tocar juntos. Hablaba de la comodidad que solo proporcionaban muchos años de convivencia.

—¿Qué clase de nombre es Cash? —Fue lo primero que a Andras se le vino a la mente para romper esa armonizada existencia que le pinchaba, aún más cuando sabía que no tenía derecho a que le molestara—. ¿Es un apodo?

—Su mamá es... —comenzó Sorel, pero se interrumpió brevemente, el tiempo suficiente para captar una mirada de Cash—, una fanática de la música country. Le puso así en honor a Johnny Cash.

—Y tú, jovencita, te salvaste por poco de que no te pusieran June. —Cash miró a Andras antes de aclararle—: Por June Carter, la esposa y salvadora de Cash.

—Eso hubiese sido muy, pero muy extraño —intervino Sorel.

—Pero de alguna forma, adecuado —le contestó Cash con un guiño.

—Demos gracias a Dios que mi mamá es de Nueva Orleans—respondió ella, dándole un golpecito a Cash en el hombro—. Y como tal tiene apego por todo lo que es francés.

—No creo que unos meros nombres los hubieran hecho parecer más unidos. —Andras trató de no sonar amargado, pero no pudo evitarlo. Lo que tenían esos dos era algo tan palpable que casi se podía tocar e incluso desear.

—Estamos unidos de una manera más importante— Cash habló en un tono solemne que no combinaba para nada con su personalidad y en un gesto más parecido a una declaración puso su mano delicadamente sobre la cadera de Sorel. Ella tragó y entrelazó sus dedos.

—¿Comiste? —le preguntó él casi en un susurro y nuevamente Andras se sintió como un intruso.

—No tengo hambre—contestó ella rápidamente, volcando toda su atención en la máquina de café.

—Ayúdame, Andras. —Cash volvía a ser el tipo de siempre, aquel que estaba todo el tiempo bromeando—. La chica dice que no le gusta la comida.

—¿No te gusta la comida?

—Sabe raro. —Sorel se encogió de hombros.

—¿Toda la comida?

Ahora entendía por qué estaba tan delgada.

Sorel asintió como si no fuese gran cosa mientras Cash hurgaba en el refrigerador hasta que encontró lo que buscaba.

—Yogur y una barrita energética. —Le extendió ambas a Sorel—. Es eso o te haré comer panqueques. Tú decides.

Sorel tomó el saludable desayuno, trepó a una de las sillas altas de la cocina sentándose sobre sus piernas y comenzó a comer sin mucho entusiasmo.

—¿Qué hay de ti, amigo Andras? —Cash volvió

a abrir el refrigerador—. ¿Hambriento? Puedo hacer huevos revueltos con jamón, dicen que la comida grasosa es lo mejor para la resaca.

Andras no tenía idea de dónde provenía la creencia popular, pero solo imaginar los huevos y su olor mientras se cocinaban en un sartén rebosante de mantequilla hizo que su estómago se contrajera en un claro signo de desaprobación. Si Cash comenzaba a hacer una demostración de sus habilidades como chef, no respondería por el estado del parqué donde estaba parado o del baño, si llegaba.

—Creo que mejor busco mi ropa... debo ir a mi casa a darme una ducha.

—¿No vas a dar clases hoy? —Sorel lo miraba como si tuviera un secreto.

—Claro...

Por un momento los engranajes del cerebro de Andras trataron de funcionar en medio del residuo del agave fermentado que aún circulaba entre sus neuronas.

¿Qué día era? ¿Qué hora era? Y lo más importante, ¿qué clase se suponía que debía dar?

—En ese caso —y con un grácil gesto Sorel saltó de la silla—, te recomendaría que te ducharas aquí y tomaras prestada una de las camisas de Cash. Te quedan treinta minutos para llegar.

—¿Qué? —Todo regresó de golpe. Era martes, estaba dando unas bien publicitadas y bien pagadas tutorías en Juilliard y si le quedaba media hora para llegar, debían de ser las diez de la mañana—. ¿Y tú no tienes clases?

—Eso es lo bueno de ser estudiante, puedes saltarte clases si no estás de ánimo. Los grandes maestros, por el contrario, a menos que quieran ser catalogados como divos, no pueden darse ese lujo.

—Por eso yo voy a ser una estrella de rock. —Cash cerró el refrigerador sacando solo una manzana—. Llegar tarde será mi mandato. Vamos, Andras, tenemos que conseguirte algo conservador que ponerte.

Capítulo 7

Lo que ocurre con las resacas, particularmente las de tequila, es que no desaparecen fácilmente, sin importar cuánto líquido y analgésicos tomes. Todo en Andras era malestar. Sus neuronas demoraban una eternidad en hacer sinapsis y su piel tenía un extraño escozor que navegaba por la parte interna de la epidermis.

Así soportó sus dos primeras tutorías, deseando dormir para agilizar el proceso mediante el cual el alcohol se disolvería dentro de su sistema linfático, pero teniendo que soportar la música y, lo que era peor, haciendo correcciones técnicas.

Intentó tomar una siesta durante la hora del almuerzo, pues no había fuerza humana o sobrenatural que lo obligara a comer algo. Aprovechando el frío y la oscuridad del salón de práctica se arrellanó en su silla, pero esta no le brindaba la comodidad que su cuerpo necesitaba.

Cuando el viejo reloj, al cual ya consideraba prácticamente como un antiguo conocido, marcó las tres de la tarde, una ansiedad que nada tenía que ver con los excesos de la noche anterior tomó posesión de su estómago. Era la hora de la tutoría de Sorel.

Ya había llegado tarde anteriormente, por lo que no era lógico asumir un comportamiento diferente en esa ocasión, aunque también era cierto que habían avanzado bastante la noche anterior.

Se habían emborrachado juntos y eso acercaba a las personas. Si bien Andras tenía que reconocer que con quien se había emborrachado era con Cash. No tenía ningún recuerdo de Sorel bebiendo con ellos, pero muchos de sus recuerdos de la noche anterior eran borrosos o simplemente habían desaparecido.

Había dormido en su casa. Eso también debía significar algo. Sin embargo, en honor a la verdad y citando las palabras de Sorel, se trataba de la casa de Cash.

Ahora que lo pensaba mejor, no había averiguado mucho de la chica, salvo que tenía un piano de cola Yamaha, tocaba Chopin en las mañanas y no le gustaba el sabor de la comida. Ella seguía siendo un enigma envuelto en un mar de contradicciones que amenazaba con ahogar todos sus pensamientos.

Lo único que había logrado, además de una resaca monumental, era tener más preguntas sobre ella y crear un vínculo con «su novio». Lo peor del caso era que Cash era un sujeto bastante agradable.

Una sonata para ti

El sonido de la puerta al abrirse lo hizo enderezarse de forma automática y buscar casi por instinto los ojos de la persona que atravesaba el umbral. Solo que esos ojos no eran verdes y estaban unos centímetros más arriba de lo que había esperado.

—Cris. —Andras no pudo ocultar el desencanto que goteaba de su tono como el agua de una cañería rota.

—Lamento decepcionarte. —Cristóbal hizo un gesto de disculpa con las manos—. Imagino que esperabas a alguien diferente. —Y echó una mirada significativa al reloj colgado en la pared.

Andras sintió el deseo de deshacerse del desvencijado aparato y romperlo en mil pedacitos. Antiguo conocido o no, no era justo que un objeto inanimado tuviera la capacidad de ponerlo en evidencia ante otros.

—La señorita Anglin tiene su propio concepto del tiempo. —Sin proponérselo Andras recordó la conversación del día anterior y no pudo evitar sonreír—. Pero cuando está aquí lo aprovecha.

—Podría pensarse que se trata de simple irresponsabilidad. —Cristóbal avanzó hasta sentarse en el asiento del piano—. Sin embargo, tras ver la mirada que me lanzaste cuando entré, no estoy seguro de si se trata de una táctica bastante efectiva, al menos en ti, para construir anticipación.

—Es solo una niña que llega tarde, Cristóbal. —Andras quería restarle importancia a lo que decía su amigo, pero lo cierto era que, con cada minuto que pasaba, la tardanza de Sorel lo irritaba más y más. Ella debía estar allí para demostrarle a todo el cuerpo académico que él no se había equivocado al seleccionarla y, lo que era más importante, que Andras le importaba tanto como ella le importaba a él—. No vengas a hacer un perfil psicológico de eso.

—Y si solo es una chiquilla irresponsable ¿por qué me miraste cuando entré como si la reencarnación de Beethoven estuviera llegando para darte todos sus secretos? —Cristóbal levantó las cejas—. No entiendo esa *obsesión* académica, y que quede claro que resalto el término obsesión y no el académico, que tienes con Sorel Anglin. No la entiendo y no me gusta.

—Es una estudiante talentosa y no me gustaría ver tanto talento desperdiciado.

Andras se puso de pie y comenzó a recoger las partituras tratando de que el mensaje de «esta conversación ha terminado» quedara lo suficientemente claro. Pero Cristóbal sabía muy bien cómo hacer la vista gorda ante las sutilezas cuando así le interesaba.

—Pensé que para ti el talento desperdiciado era la mejor forma de disponer de la competencia —dijo, examinándose teatralmente las uñas—. En todo caso, si se tratara realmente de eso deberías estar molesto, que por cierto es la reacción usual de los profesores ante el comportamiento de esa chica, no mirar la puerta con la misma necesidad con la que un alcohólico miraría una botella de brandy.

Si Cristóbal no estaba para sutilezas, la manera directa, verbal y no verbal, parecía ser el camino más apropiado.

—Esta conversación ha terminado. —Andras dio la espalda y comenzó a avanzar hacia la puerta.

Estaba decidido. No esperaría más a Sorel. Tal vez así se diera cuenta de que, sin importar cuánto tequila hubiera bebido con su novio, él no era alguien al que hacer esperar. En ningún sentido. No señor.

—Curiosa elección de ropa. —Cristóbal ya estaba a su lado y miraba con divertida curiosidad la camiseta negra con el logo de U2 que Cash le había prestado y que trataba de esconder, obviamente sin mucho éxito, bajo su americana—. ¿Qué está pasando, Andras?

—¡Nada!

A estas alturas Andras se sentía atrapado. Lo que había dicho era verdad, nada estaba pasando con Sorel. El problema era que eso no le gustaba. No era que hubiese intentado que pasara algo y ni siquiera estaba seguro de querer intentar algo realmente. No estaba seguro de nada. Solo estaba confundido en un maremágnum de sentimientos contradictorios. Más que confundido, estaba a punto de explotar como un grano de maíz en una olla caliente. Unos segundos más y haría pop convirtiéndose en una palomita de maíz.

Por ello siguió caminando hacia la puerta y en lo

que salió se encontró con el punto justo de calor que le faltaba para estallar:

Sorel, con la espalda apoyada en la pared justo al lado de la puerta, vestida con una corta falda negra asegurada en sus caderas por lo que parecía ser una cadena de bicicleta, una camiseta con la foto tradicional de los Beatles caminando por el rayado y unas zapatillas Converse desteñidas. El aspecto era fantástico, lo que le molestaba era que no estaba sola.

Cash estaba frente a ella con los brazos en el muro a ambos lados de la cabeza de la chica y parecían estar teniendo una discusión. A todas luces no se trataba de una violenta pelea, más bien una diferencia de opiniones o el preludio para una sesión de sexo en público. Era imposible saber con exactitud de qué se trataba. Cash hablaba bajito, su rostro era todo preocupación, mientras Sorel le acariciaba el cabello largo casi con añoranza.

Había algo en ver a esos dos, una especie de ternura mezclada con tristeza, un compañerismo más allá de las palabras, un vínculo intangible. El mismo que Andras había sentido al verlos tocar juntos o al arreglar las compras en la cocina y eso, en vez de apaciguar su ira, la incrementó.

—¡SOREL!

El grito irritado se le escapó de la garganta antes de que tuviera tiempo de pensar que estaban en un pasillo lleno de gente, por lo que había que guardar las formas. Por primera vez el nombre no

Una sonata para ti

le supo dulce, sino que más bien tenía el gusto de la hiel.

Tanto ella como Cash voltearon y el cambio fue inmediato. Él se separó y ella emitió esa sonrisa de un millón de kilovatios que por sí sola podría iluminar el estadio de los Yankees.

—¿Después de un día ya se llaman por sus nombres? —Cristóbal musitó al oído de Andras, quien no tuvo tiempo de replicar.

—Cash, te dije que iba a llegar tarde y al maestro Nagy no le gusta que le hagan perder el tiempo. —Sorel comenzó a caminar hacia ellos e hizo una leve inclinación de cabeza hacia Cristóbal—. Maestro Noriega.

—Señorita Anglin —contestó el aludido sin molestarse en ocultar su evidente sarcasmo.

—Andras, mi amigo. —Cash detuvo a Sorel el tiempo suficiente para hurgar en su mochila—. Te traje algo. Esto siempre me ayuda con la resaca. —Y le tendió una lata de Coca Cola a todas luces helada—. Burbujitas, azúcar y cafeína, una receta infalible.

Andras sentía que, para salvar las apariencias, debía decir algo cortante o simplemente ignorar a Cash; a fin de cuentas, Cristóbal seguía allí con los ojos atentos y su reputación era algo que había aprendido a guardar con celo. Pero eso hubiese sido como empujar a un cachorrito que te recibe moviendo la cola cuando llegas a casa después de un día duro. No era culpa de Cash que él tuviese sentimientos inexplicables y, con toda seguridad, impropios por Sorel, tampoco que todo el mundo, menos la aludida y su novio, parecieran darse cuenta.

—Gracias, Cash —dijo tomando la bebida y sintiéndose como un maldito.

—Maestro Cash —lo corrigió el muchacho riendo—. Recuerda que tienes que practicar para el dúo de guitarra. Voy a ser generoso y te voy a dejar decidir si quieres que toquemos algo clásico o nos lancemos de una vez con *Stairway to Heaven*.

—¿Guitarra? ¿*Stairway to Heaven*? ¿Maestro Cash? —preguntó Cristóbal al oído de Andras con ironía—. ¿Últimamente te has hecho algún tatuaje del que deba tener conocimiento en caso de tener que identificarte tras una muerte violenta en una motocicleta?

Andras cerró los ojos para evitar responder. Tal vez así todo desaparecería.

No.

Al volver a abrirlos todos seguían ahí, mirándolo fijamente.

Lanzó una ojeada significativa a Sorel, quien parecía estar a punto de soltar una carcajada.

—Cash, cariño —intervino ella finalmente con ese acento cantarín que empleaba algunas veces—, por tu culpa estoy llegando tarde y, si sigues hablando, mi valiosa hora de tutoría pasará sin que pueda sentarme al piano.

—Mi amigo jamás te haría eso, ¿verdad, Andras?

—Cash le echó una mirada de «es obvio» a su nuevo mejor amigo, pero todo cambió cuando se encontró con los ojos de Sorel. Al vínculo especial parecía que había que agregarle algo de comunicación mental.

Andras no conseguía descifrar a la chica y eso lo estaba volviendo loco, pero Cash le leía la mente. Era impresionante como podía, en dos segundos, pasar de agradarle alguien a desear que desapareciera de la faz de la tierra sin dejar ni el más mínimo recuerdo de su existencia, y la culpable de todo era Sorel.

—Creo que me voy a callar y a salir de aquí —Cash balbuceó antes de inclinarse sobre Sorel y darle un ligero beso en la frente—. Llámame cuando llegues a casa.

Sin decir más o tan siquiera despedirse de Andras, Cash les dio la espalda tomando la vía hacia la salida y dejando tras de sí un silencio más incómodo que el que su charla producía.

—Señorita Anglin. —Andras recuperó la compostura e hizo un seco movimiento con la cabeza hacia la puerta del salón—. No nos haga perder más el tiempo.

Sorel reposicionó la mochila en su hombro y con una expresión completamente plana entró seguida por Andras.

—Creo que Cash está enamorado de ti —dijo una vez que la puerta estuvo cerrada.

—No te tomas nada en serio, ¿verdad? —Andras seguía irritado por miles de razones: que hubiera llegado tarde, la presencia de Cristóbal en el pasillo, la relación que mantenía con Cash y, sobre todas las cosas, esa irracional necesidad de que Sorel lo tomara en cuenta aunque solo fuera en la parte académica—. Esa actitud es precisamente lo que está acabando con tu carrera antes de que comience. Nadie confía en ti por aquí, solo yo creo que tienes el potencial para ser una estrella y tú no haces nada para sacarlos de su error.

—No me interesa ser una estrella —contestó ella displicente—. Toco el piano porque me gusta, la opinión del cuerpo académico me tiene sin cuidado.

—Y obviamente la mía también —dijo con amargura, pero como no se trataba de una pregunta no se molestó en darle la oportunidad de contestar—. Entonces, explícame por qué hiciste la prueba para mí, por qué rayos entraste en mi vida poniendo todo patas para arriba. Dime qué quieres de mí, Sorel, por favor...

—Toca algo.

Miles de imágenes de lo que podía y, de hecho quería, tocar inundaron la fértil imaginación de Andras, y se trataba más que nada de labios y piel.

Confundido sacudió la cabeza.

—¿Lo haces a propósito o de verdad no te das cuenta?

Una sonata para ti

La mirada de Sorel le dijo que, en serio, no tenía idea.

—Tú dices «toca algo» y yo... yo... —Andras quería decírselo, pero se dio cuenta de que, además de impropio, pondría en evidencia miles de deseos que no tenía derecho a tener.

—Toca algo, en el piano —insistió ella—, para mí.

Andras había usado eso de sentarse al piano como método de seducción muchas veces, pero en esa oportunidad la petición era tan dulce, tan inocente, y al mismo tiempo tan cargada de necesidad, que sintió que no solo debía hacerlo, sino que era lo que requería para dejarlo todo claro de una buena vez. Sacar música de las ochenta y ocho teclas era la única manera en la que siempre había podido expresarse correctamente sin que la dualidad de las palabras se mezclara y echara a perder las cosas.

Sus dedos comenzaron a recorrer el teclado y no recordaba cuándo había sido la última vez que estuvo tan ansioso por su desempeño. Siempre había algo de nervios al enfrentarse al público; pero mientras a ellos quería maravillarlos con todo el brillo de su técnica, a Sorel quería darle a conocer cómo se sentía, y para ello no había nada mejor que ese esbozo del primer movimiento de la sonata que estaba componiendo, esa que le recordaba a ella.

Eran tan solo unas pocas notas puestas juntas, pero al volver a tocarlas la ira se esfumó y solo quedó esa sensación de curiosidad, alegría infantil y dulce inocencia que para Andras era Sorel. Era una melodía sin pretensiones, difícil sí, pero sin el desmedido esfuerzo de impresionar que tenían sus anteriores intentos. Tal vez por eso se sentía pura, natural y reconfortante, como la brisa que te sorprende cuando la necesitas o el agua que corre fresca y despreocupada por un arroyo en primavera.

—Es... —Por primera vez desde que la conocía, Sorel no tenía palabras, pero no hacían falta. No parecía triste o abrumada, como quien ha sido sometida a una emoción fuerte, simplemente estaba feliz—. ¿Tuya?

—No está lista, solo es un bosquejo. —Andras se sentía complacido por lo que veía en la cara de Sorel, pero por una vez no quería alardear.

—Es preciosa. ¿Tiene nombre?

—Es solo una sonata. —Andras se encogió de hombros sintiéndose como un muchacho y sin importarle—. Para ti.

Eso era todo lo que diría. En ese punto las conversaciones simplemente se tornaban complicadas. Tal vez sin proponérselo había puesto todo lo que tenía sobre la mesa, o mejor dicho, sobre el piano. Pero si iba a estar amargado por un posible rechazo era mejor que lo recibiera de una vez antes de que siguiera enredándose en la telaraña que siempre terminaban siendo los sentimientos no confesados. ¿Y cómo podía confesarlos con palabras si no sabía exactamente lo que eran?

Una sonata para ti

Por toda respuesta, Sorel avanzó hacia él y le acarició suavemente la mejilla como si le estuviese dando la bienvenida, y eso fue todo lo que necesitó. Se levantó del piano, se inclinó sobre ella y la besó.

Inicialmente fue solo un tierno roce. Todos sus instintos le decían que debía tratarla con cuidado, pero en lo que se atrevió a tocar la suave piel de sus brazos se dio cuenta de que era mucho más deliciosa que en sus fantasías. La necesidad de ir más allá tomó posesión de él, no en forma de frenesí, sino más bien de lenta y pausada conquista, pero no por eso mucho menos apremiante.

Y ella le respondía, facilitándole el camino a su lengua dentro de su boca.

Andras metió las manos por debajo de la camiseta de Sorel y sintió cómo su piel se erizaba en cada centímetro que la tocaba como si estuviese dejando una marca. La atrajo hacia sí y un pequeño y endemoniadamente sexy gritico de sorpresa escapó de la garganta de la chica cuando sintió la incipiente erección rozar su estómago, pero no se retiró. En un movimiento que a todas luces parecía instintivo se frotó contra él.

Andras estaba por perder la poca cordura que le quedaba. Solo quería escuchar más de esos sonidos que ella hacía mientras le recorría con la boca todo el cuerpo y así descubrir cuáles eran sus puntos más sensibles y si tenía que sentarla en el piano para eso. ¡Qué demonios! El viejo instrumento seguramente nunca había sido tan necesitado para un uso tan distinto para el que fue construido.

Solo por probar, la levantó por la cintura, dándose cuenta que era extremadamente ligera, y la puso suavemente sobre el teclado. Nunca pensó que unos Do, La y Si aplastados al mismo tiempo podrían sonar más sexys que el mismísimo Bolero de Ravel.

Ella le hizo espacio entre sus piernas y él se zambulló nuevamente, frotándose en lo que era una especie de mímica de lo que quería hacer con su cuerpo. Jugó con el aro que adornaba su labio inferior y la mezcla del calor que había en su boca con el frío del metal lo llevó casi al punto de ignición.

De golpe un coro de voces se alzó por el pasillo detrás de la puerta cerrada.

Toc, toc. La realidad estaba llamando y trajo a Andras de vuelta al ahora.

—¿Quieres irte de aquí?

Capítulo 8

Sorel debió haber dicho algo, puesto algún pero, al menos eso pensaba Andras. Después de todo, y a pesar de su exterior, ella parecía ser siempre la voz de la razón.

Sin embargo, solo asintió con una pequeña sonrisa.

Como dos adolescentes cometiendo una travesura, se escurrieron por los pasillos llenos de gente, cada uno por su lado pero lanzándose de reojo miradas cómplices. Una vez que estuvieron fuera, y a una distancia prudencial del edificio, saltaron juntos al primer taxi que pasó.

Ninguno habló a lo largo del trayecto. Cada metro que avanzaban, el fuego dentro de Andras parecía disminuir y su consciencia regresar, lo que le hacía preguntarse si a Sorel le estaba pasando lo mismo.

Cuando finalmente llegaron a su destino y abrió la puerta del apartamento, Andras se sintió como un jovencito escurriendo a una novia en su dormitorio cuando sus padres no estaban.

No llevaba la cuenta exacta de cuántas mujeres habían compartido su cama. Algunas, pocas, habían significado algo, otras eran menos que un recuerdo, pero ninguna, salvo las primeras veces cuando todavía era un adolescente, le había hecho sentir esa ansiedad de estar haciendo algo a escondidas.

—Debí suponer que tendrías un Steinway Hamburgo.

Sorel contemplaba el enorme piano que reposaba orgulloso en una esquina del salón y por un momento Andras creyó escuchar algo de sus propios nervios en la voz de la muchacha, en su lejanía y en ese empeño casi forzado por concentrar su mirada en el piano y no en él.

—¿Y lo supones porque es el mejor piano del mundo? —Andras se metió las manos en los bolsillos.

Eso estaba bien. Hablar del piano tal vez relajaría las cosas.

—No. —Lentamente, Sorel pasó los dedos por encima del instrumento—. Lo suponía porque es una declaración: «Soy un gran pianista y necesito un piano con un sonido solemne».

—¿Y qué declara tu Yamaha? —Andras dio un par de tentativos pasos hacia ella, aunque mantuvo

Una sonata para ti

las manos en los bolsillos—. ¿Que vives con un rockero y necesitas un sonido más metálico?

En ese mismo instante, Andras tuvo el deseo de morderse la lengua. No era el momento de mencionar a Cash. De hecho, Cash no debía existir en ese universo paralelo en el que Sorel estaba en su casa acariciando su piano con la misma ternura con la que Andras quería ser acariciado.

—El Yamaha es más ligero. —Sorel no pareció reaccionar ante el nombre de Cash y Andras no estaba seguro si debía sentirse aliviado o decepcionado—. ¿Puedo tocarlo?

Y allí estaba nuevamente la parte inferior del cuerpo de Andras, que aparentemente ya había desarrollado mente propia, malinterpretando una pregunta que evidentemente tenía como sujeto al Steinway, no a él. Es que cada vez que Sorel preguntaba si podía tocar algo, esa parte inmediatamente se levantaba, ofreciéndose como un caballeroso voluntario.

—Seguro —consiguió decir Andras, maravillado de que aún pudiera hablar cuando evidentemente la sangre estaba abandonando su cerebro para ir a concentrarse en otro lado.

El Primer Movimiento de la Patética de Beethoven era una buena elección, como parecían ser todas las de Sorel referentes a la música, pues patético se sentía él parado en medio de su sala con una erección que comenzaba a formarse por una mujer que no hacía nada específico para provocarlo, salvo ser como era.

No entendía lo que le pasaba. Ya no era un muchacho gobernado por sus hormonas al que cualquier cosa con faldas conseguía ponerlo en alto. Era un hombre con su buena cuota de experiencia, ¡por todos los cielos! ¿Por qué su cuerpo lo traicionaba de esa manera?

Y por si fuera poco, la música actuaba como un afrodisiaco adicional. ¡Como si le hiciera falta!

Esa pieza siempre había significado para él pasión con una buena parte de pérdida y desesperación y también mucho miedo. Ella siempre sabía qué tocar para reflejar exactamente lo que sentía él.

Poco a poco se acercó al piano hasta que quedó parado justo detrás de Sorel. Ella podía sentirlo y como prueba estaba el erizamiento evidente del pequeño vello de su nuca.

Siguiendo un impulso se inclinó y la besó allí, en la parte baja del cuello.

La música se detuvo dejando solo el sonido apagado de sus respiraciones.

—El tempo está mal —le dijo al oído, y no pudo resistir la tentación de tomar entre sus labios el lóbulo de su oreja.

—La música es como la vida. —La voz de Sorel sonaba temblorosa, no más que un murmullo—. Solo existe el principio y el final, lo que hagamos con ella en el medio es cosa nuestra.

—Pero hay reglas... —Pasó delicadamente las manos por sus hombros—. Sobre lo que está bien y lo que está mal.

Sorel volteó su cuerpo hasta quedar sentada de lado. Luego pareció tomar una decisión: giró completamente y, ayudándose de las manos, trepó sobre la banqueta del piano y se puso de rodillas frente a él.

Tomó una de las manos de Andras y la colocó sobre su corazón.

—El único metrónomo que importa es este y, mientras funcione, hay que hacerle caso.

Si eso no era un permiso, Andras no sabía ya cómo interpretar las palabras de Sorel. Por ello se lanzó con todo lo que tenía en un nuevo beso, tomándola por los hombros como si temiera que cambiara de parecer. Cuando la lengua de Sorel en su boca y sus manos recorriéndole la espalda le dijeron que no iría a ninguna parte, comenzó a explorar más allá.

Primero la piel de su estómago, que era tan suave como la de un durazno, y más arriba, la casi imperceptible curva de sus senos que no necesitaban, ¡benditos los ángeles!, sujetador. Cuando tomó entre sus dedos uno de los pezones y lo sintió contraerse bajo su tacto, y de la garganta de Sorel escapó un gemido, mitad sorpresa mitad placer, supo que no le quedaba mucho tiempo.

Su erección palpitaba dentro de sus pantalones luchando por liberarse y llegar al destino húmedo con el que había fantaseado y que estaba ahora a solo centímetros de distancia.

Debido a la voluntad propia que esa parte de su cuerpo había desarrollado últimamente, no dudaba que conseguiría abrir el cierre desde adentro si no se daba prisa.

Sacó la camisa de Sorel por encima de su cabeza y la tiró en el piso. «Que les vaya bien, John, Ringo y compañía», pensó.

Luego se tomó el tiempo para ver si la realidad que tenía frente a él en carne y hueso le hacía justicia, primero a sus fantasías, y luego a lo que había sentido con sus manos.

Era mucho mejor.

Toda piel blanca y cremosa, con dos pequeños picos rosados que se alzaban orgullosos pidiendo una atención que él estaba más que dispuesto a dar. Besó primero delicadamente el espacio entre ellos para luego tomar uno en su mano y soplar el otro delicadamente antes de ponerlo en su boca.

Estaba absorto en su propio deleite pero pudo sentir la lucha de Sorel por quitarle la americana y colaboró en sus esfuerzos lo mejor que pudo. Escuchó el ruido casi imperceptible de la tela al chocar con el piso.

Se distrajo mucho más cuando las manos de ella llegaron al borde de sus pantalones, sacando la camiseta de U2 y descartándola, tal y como él había hecho con la de ella, aunque sin saber si le había deseado un buen viaje a Bono. Luego volvió al lugar de partida y comenzó a deslizar hacia abajo esos dedos delicados que alcanzaban octavas sin el menor esfuerzo.

Había esperado tanto para que ella lo tocara, así y ahí, pero debía llevarla a una cama y terminar de desvestirla antes de que eso ocurriera. Si ella llegaba a cerrar sus manos sobre él era muy probable que todo concluyera antes de haber empezado. Solo de ver sus dedos desaparecer bajo la cinturilla de sus pantalones, solo de imaginar cómo se sentiría...

—Vamos —le dijo separándose de ella y extendiéndole la mano.

La expresión de duda que atravesó los ojos de Sorel le dijo a Andras que tal vez había malinterpretado las cosas. ¿Pero había algo que malinterpretar? Ambos estaban desnudos de la cintura para arriba, con lo mejor de la cartelera Billboard a sus pies, y ella lo había tocado...

—Maestro —le dijo ella tomando su mano, y por primera vez la denominación en su boca tuvo una connotación que no pudo reconocer.

Si Andras hubiese podido correr lo habría hecho, pero como aún quedaban neuronas funcionales en su cerebro la condujo con calma hasta la habitación. No quiso perder tiempo en encender la luz, aún era de día y la claridad del sol se colaba a través de las persianas bajadas así como por la puerta abierta.

Nuevamente la besó. Ahora que estaba más cerca

de la meta pudo tomarse las cosas con tranquilidad y explorar con su boca al tiempo que deshacía el nudo que mantenía la cadena, que hacía las veces de cinturón, pegada a sus caderas. Se arrodilló frente a ella besándole el vientre y le sacó los zapatos, agradeciendo que fueran unas zapatillas Converse —estaba más sosegado, pero no lo suficiente como para lidiar con los cordones de las botas—. Después deslizó la falda por sus piernas y se incorporó para cargarla y llevarla hasta la cama.

La visión de ella allí, esperando por él, desnuda excepto por unas diminutas pantaletas de algodón blanco salpicadas de pequeños puntitos rosados le hizo reír en una forma completamente sorprendida y hasta pueril. Ropa interior negra de plástico, cuero o vinil, incluso unos bóxers masculinos, hubieran estado acordes con el estilo de Sorel, pero esa ropa interior blanca lo ponía en estado volcánico, más que cualquier encaje rojo.

—¿Qué? —le preguntó ella casi con hostilidad al ver que la miraba fijamente con esa sonrisa bobalicona en la boca.

—Eres maravillosa y perfecta y sexy como el demonio.

—Entonces, ¿qué haces ahí parado? —la sonrisa del millón de dólares, esa vez con un ribete malicioso, hizo acto de presencia y Andras supo que tenía que ir hasta ella o más nunca iba a poder andar derecho.

Una sonata para ti

Se despojó de sus pantalones y ropa interior en un solo movimiento y caminó sobre ellos sacándose los zapatos al tiempo que avanzaba. La arropó con su cuerpo y ya no hubo más pensamientos coherentes, solo instinto. Boca contra boca, pecho contra pecho, piel contra piel.

Y ella estaba allí con él, respondiendo a sus besos y recorriéndole el cuerpo con las manos, incrementando así su deseo.

Solo los separaba ese pedazo de algodón blanco que minutos antes le había parecido encantador y ahora era solamente un obstáculo. Bajó entonces por su cuerpo, cubriéndola de besos, y sacó las bragas tratando de ser delicado. Aunque la urgencia de su cuerpo estaba empezando a ser demasiado apremiante, se tomó el tiempo para separar sus piernas y besarla también allí.

No debió haberlo hecho.

Sorel se arqueó soltando un gemido que le llegó directamente a la base de su columna vertebral. Él necesitaba algo, sí, y la sensación de la humedad de ella en su boca, su sabor, era un recordatorio de lo mucho que lo necesitaba, pero quería escuchar de nuevo ese sonido.

La segunda vez no fue solo un beso. Agarró cada una de sus piernas para separarlas aún más y utilizó su lengua para recorrer ese espacio, deteniéndose en el montículo y succionándolo delicadamente, como si fuera un pequeño caramelo.

—Andras... —Su voz era casi una súplica desesperada, rematada por la forma en que movió sus caderas.

Su pecho se hinchó, pues no había otra cosa que pudiera hincharse aún más, al sentir su nombre empleado así por ella.

Quería seguir allí, verla retorcerse en la cama y apretar entre sus manos los cobertores; llevarla al paroxismo solo con su lengua mientras ella decía su nombre una y otra vez como un canto, pero estaba convencido de que podía llegar al orgasmo solo saboreándola y eso no habría dado una buena primera impresión.

Con ella quería todos los caminos más de una vez. Ya habría tiempo de explorarlos todos.

Nuevamente subió por su cuerpo, tomó una de sus piernas por detrás de la rodilla y se situó en su entrada. Sentir la humedad en su boca era una cosa, pero sentirla con la parte de su cuerpo que más la necesitaba era otra completamente diferente.

Dio un pequeño empujón. Planeaba disfrutar de aquello todo lo que pudiera, deslizarse poco a poco sintiendo cómo ella lo arropaba centímetro a centímetro. Sin embargo, había algo que se lo estaba poniendo difícil, lo cual resultaba tremendamente incongruente teniendo en cuenta lo mojada y resbalosa que estaba.

—Sorel, linda, estás tan apretada que me estás volviendo loco —dijo entre jadeos.

Una sonata para ti

El entendimiento le llegó al mismo tiempo en el que ella levantó sus caderas y se apretó contra él. Sintió el desgarrón y el cuerpo de Sorel ponerse rígido bajo el suyo.

¿Por qué no se lo había dicho?

Ahora sí se había clasificado para bastardo del año y su cuerpo no aceptaba competencia para el galardón. Sus caderas querían seguir moviéndose, tanto que resultaba doloroso quedarse quieto. Pero lo hizo.

Debía asegurarse de que ella estaba bien.

Bajó la vista para encontrarse con unos ojos verdes ligeramente humedecidos. Esa vez fue ella quien lo besó con más fiereza de la que había esperado, empujándose de la cama con los bazos hasta llegar a su boca.

—No te atrevas a detenerte ahora —le dijo en los pocos segundos que sus bocas estuvieron separadas.

—Despacio —dijo él retirándose solo unos centímetros antes de volver a penetrarla—. Vamos a hacer esto despacio.

Solo que decirlo era más fácil que hacerlo. Ella estaba tan apretada, tan húmeda y hacía unos deliciosos sonidos cada vez que él se movía, que sus caderas querían desbocarse y chocar violentamente contra las de ellas hasta que perdiera el sentido. Pero por alguna razón que iba mucho más allá del poco entendimiento que le quedaba, quería que ella lo disfrutara, incluso más que él.

—Lo que iba a romperse ya se rompió. No tienes que ser tan delicado.

—Tú eres delicada.

—No lo soy. —Y como muestra se movió contra él con fuerza, encontrándolo a la mitad del camino.

—Sorel... ah... por Dios.

Nuevamente se estampó contra él agarrándole el trasero para empujarlo hacia ella y el instinto se hizo cargo del resto.

Las caderas de Andras comenzaron a moverse con ímpetu, bombeando con fuerza, y ella lo recibía en cada arremetida arqueándose contra él. Andras sabía que estaba cerca del precipicio, lo sentía en la tensión de cada uno de sus músculos y debía llevar a Sorel consigo, no se perdonaría dejarla sola en la otra orilla, por lo que echó mano de cada estímulo que recordó.

Con una de sus manos buscó su clítoris frotándolo con la misma cadencia con que entraba en su cuerpo.

—Andras... —El suspiro de Sorel fue una mezcla de sorpresa con placer—. Yo... sí... no pares.

—Si sigues diciendo mi nombre de esa manera... —Empujó un par de veces con fuerza y comenzó a susurrarle cosas en el oído: lo delicioso que se sentía estar dentro de ella y lo bien que lo estaba haciendo, hasta que supo que estaba tan cerca como él, lista para saltar.

Una sonata para ti

Cubrió su boca con un beso desesperado y la sintió contraerse aún más alrededor de él en regulares espasmos. Ya podía dejarse ir, aunque a esas alturas no podría evitarlo.

El orgasmo de Sorel fue intenso y el de Andras lo siguió con la fiereza de quien toma un terreno que le pertenece, llenándolo con su presencia.

Cuando ambos se serenaron, Andras se movió hacia un lado, quedando acostado junto a Sorel, y estiró la mano para entrelazar los dedos con los de ella. Poco a poco, su capacidad de pensar regresó y con ella una sola frase:

—Estoy en serios problemas y no me importa.

Capítulo 9

Andras no se atrevía a mirar a Sorel. Le daba miedo lo que pudiera encontrar en sus ojos.

¿Arrepentimiento? ¿Decepción? Seguía tomándola de la mano porque, al menos en ese momento, no quería separarse de ella. Era maravillosa, perfecta y, por más cavernícola que pudiera sonar, únicamente suya.

Pero había otras consideraciones, preguntas que se agolpaban en el fondo de su mente y que venían a perturbar su estado de completa dicha. Sorel tenía veintidós años, era hermosa, divertida, apasionada y moderna. De hecho, deberían crear una nueva palabra para definirla. Además, vivía con un hombre que obviamente la adoraba y que era el epítome de la masculinidad. ¿Cómo se había mantenido virgen? Y lo más importante, ¿por qué él?

Aunque era placentero pensar que ella sentía la

misma conexión, esa atracción sin freno que se había apoderado de él el día que la vio por primera vez, necesitaba saberlo a ciencia cierta. Si antes había estado loco por ella, ahora la poca cordura que le quedaba estaba a punto de salir corriendo hacia el país del no retorno.

No podía seguir evitando mirarla. Era egoísta. Si él estaba confundido y abrumado, ella debía estarlo mucho más.

—¿Sorel? —Pronunciar su nombre seguía teniendo el mismo efecto en él, solo que magnificado unos cuantos millones de veces.

Estaba acostada aún boca arriba con la cabeza vuelta hacia él, los ojos cerrados y una expresión de completa dicha estampada en el rostro, una muy parecida a la que tenía cuando tocaba el piano.

Sabía que debía decirle algo, pero un «gracias» se le antojaba terrible y era demasiado pronto para un «te amo». Quería que cuando le dijera esas palabras no fuesen vacías como las otras veces que las había dicho, sino reales. Por alguna razón, estaba seguro que ella sabría la diferencia.

—¿Estás bien?

—Sí —dijo abriendo los ojos y le regaló otra de sus sonrisas—. Nunca pensé que sería así. Todo el mundo dice que las primeras veces son horribles.

—¿Y no fue horrible? —Con delicadeza Andras llevó la mano que sostenía hasta sus labios y la besó.

—No...

En ese momento, Andras sintió que su pecho iba a explotar. Quería aullarle a la luna o algo así.

—Vamos a darte un baño. —Y se levantó de la cama—. Debes estar toda...

¡Mierda, mierda, mierda! ¿Qué había pasado por su mente? ¿Dónde había quedado su conciencia? Definitivamente, no había estado pensando, al menos no con la cabeza que tenía sobre los hombros. ¡Se había acostado con ella sin protección! Una mujer con más experiencia se lo habría recordado...

No, no le iba a echar la culpa a Sorel de su propia irresponsabilidad.

—¿Qué pasa? ¿Recordaste que tu baño está hecho un desastre o algo así? —Sorel se sentó en la cama y arrugó un poco el ceño, como si algo la hubiese pinchado—. Creo que tengo que tener cuidado con eso de sentarme.

Esa sensación de masculina satisfacción volvió a colarse en el pecho de Andras, pero la desechó. No podía dejar que esos sentimientos de macho alfa, que hasta ese momento no tenía idea que formaban parte de su ADN, lo dominaran. Había metido la pata y era el momento de hacer el control de daños.

—No usé protección. Lo lamento, fue estúpido por mi parte...

—¿Tienes algún tipo de enfermedad que puedas contagiarme? —Y allí estaba ella nuevamente, afrontando la situación con cabeza fría.

—No es eso, estoy limpio y obviamente tú también. Dime que tomas algún tipo de anticonceptivo. No es que no vaya a asumir la responsabilidad si pasara algo, porque lo haría. —Ahora que lo decía en voz alta, la idea más aterradora de todas, esa que configuraba su pesadilla personal, no sonaba tan terrorífica. Seguro que tendrían un pequeño músico superdotado que haría que Mozart pareciera del montón. Ok. Ya va. Necesitaba que alguien le diera un golpe en la cabeza. ¿Quién era aquel sujeto? Y lo que era más importante, ¿por qué nadie se tomaba la molestia de encerrarlo donde había estado hasta ese momento?—. Pero no sé si para ti, en este momento... Eres muy joven y tienes una carrera.

—Respira, estás a punto de hiperventilar. —Tomó sus manos y lo miró tranquila—. No hay riesgo, todo está bien.

—¿No necesitas que salgamos a comprar la píldora del día después o algo así? ¿Estás segura?

—Solo necesito un baño. —Cómo adoraba verla sonreír. Sentía que solo eso anclaba su mundo—. Estoy toda...

—Sí, entiendo, bañera lista en tres minutos.

Andras salió disparado hacia el baño.

Como había prometido, puso a llenar la bañera comprobando varias veces la temperatura, buscó en los estantes las toallas más esponjosas que tenía y luego agarró el pantalón del pijama de una percha y se lo puso. No sabía lo cómoda que estaría ella con su desnudez ahora que el momento de la pasión había pasado.

Cuando Sorel se reunió con él, la ayudó delicadamente a introducirse en la bañera y su corazón dio otro de esos respingos imbéciles cuando la vio arrugar la nariz en lo que el agua tibia hizo contacto con sus genitales.

—¿No vienes? —le preguntó ella coqueta, y su pene pareció dar un brinquito de felicidad.

—No es una buena idea para ti, no tan pronto, y no estoy seguro de que pueda controlarme si me meto ahí contigo.

Ella comenzó a hacer un puchero que a Andras le pareció encantador y no le quedó más remedio de sonreír, ampliamente. Si seguía sonriendo tanto, los músculos de la cara iban a empezar a dolerle.

—¿Tienes hambre, sed? ¿Quieres algo? Sé que no eres aficionada a la comida, pero tienes que alimentarte.

Sorel frunció el ceño, casi contrariada.

—Ya buscaré algo luego.

—Déjame atenderte, Sorel.

—Me gustabas más cuando eras mandón e irascible.

Aunque hizo el comentario en broma, había algo subyacente en él, una especie de amonestación que Andras decidió pasar por alto. Quería cuidarla, atenderla, mimarla y ninguna protesta, ni siquiera las de ella misma, lo harían cambiar de parecer.

—Más tarde nos sentamos al piano y seré todo lo regañón que quieras.

Una sonata para ti

Sin esperar respuesta salió del baño y se enfrentó a la habitación. La cama era un desastre y el cobertor... no sabía cómo se lo explicaría a la señora de la limpieza. Sin estar seguro de si esas manchas saldrían fácilmente —las tareas domésticas nunca habían sido lo suyo—, lo quitó e hizo una bola con él. Buscó uno nuevo en el armario y cubrió nuevamente la cama dejándola en orden. Agarró el desechado y se encaminó hacia la cocina. Una vez allí lo metió en la lavadora esperando que al menos el desastre fuese menos evidente.

También revolvió en la nevera, preguntándose qué podría gustarle a Sorel, hasta que finalmente sacó un recipiente con fresas y dos Coca Colas y regresó a la habitación para dejarlas en la mesa de noche.

Recogió la ropa regada por el suelo y la dobló antes de ponerla sobre una silla. Finalmente, tomó de un estante una de sus camisetas favoritas; era negra con una clave de Sol blanca enorme al frente, se la había regalado el conserje de un edificio en Polonia donde había vivido un tiempo. El hombre no sabía nada de música, pero el regalo había sido tan cándido y desinteresado que después de muchos años aún la conservaba.

—¿Es para mí?

Sorel había salido del baño y estaba cubierta por una toalla. Caminaba hacia él con la mano extendida y Andras no pudo menos que ir hacia ella. Era como un imán, su maldito centro de gravedad.

Ella tiró la toalla al piso y nuevamente se mostró en todo su esplendor.

—Tienes que dejar de hacer eso. —Andras no sabía dónde mirar. Cada parte de piel blanca en la que sus ojos se posaban tenía el mismo efecto en él que una Viagra. Aunque no toda era impoluta.

En la cadera de Sorel había un pequeño diseño de colores, un tatuaje en el que no se había fijado antes. Por mera curiosidad Andras concentró allí su vista y pudo distinguir unas letras en un estilo que ya había visto antes, aunque mucho más grande, y un nombre: Cash.

Las preguntas volvieron a asaltarlo hasta que una tela negra tapó la visión del tatuaje, aunque sus posibles implicaciones seguían dándole vueltas en la cabeza. Levantó la vista y la mirada de Sorel había cambiado, estaba nerviosa; lo sabía no solo porque su sonrisa se había desvanecido, sino porque también jugueteaba con el aro en su labio.

—Yo pensaba que Cash y tú, cualquiera que los viera juntos creería... pero es obvio que no. —Hizo una clara señal de no entender con las manos, poniendo las palmas hacia arriba y agitándolas—. No sé qué pasa entre ustedes y de verdad me gustaría saberlo. Los amigos, por muy cercanos que sean, no se tatúan sus nombres.

—¿De verdad creíste que Cash y yo...? —La sonrisa de Sorel había regresado—. Eso sería desde todo punto de vista asqueroso. Cash es mi primo.

—¿Tu primo? —Esa relación por sí sola no explicaba los tatuajes.

—Casi mi hermano. Nuestros padres son gemelos —completó ella—. La mamá de Cash viaja mucho, así que nos criamos juntos, siempre hemos vivido en la misma casa. Tomamos nuestras primeras lecciones de piano juntos, compartimos nuestra pasión por la música, él me enseñó a manejar, yo lo enseñé a bailar... ese tipo de cosas.

—¿Y por eso se hicieron tatuajes que combinan? —Andras aún no estaba del todo persuadido. Tenía que haber algo más.

—Ha habido momentos feos, ambos somos una especie de decepción familiar. —Sorel se encogió de hombros, tratando de restarle importancia, pero la expresión de su cara era de lucha, como quien está meditando muy bien las palabras sin estar segura de qué decir a continuación—. Cash está convencido de que yo le salvé la vida y yo sé que él salvó la mía, los tatuajes son un tributo que nos rendimos el uno al otro.

Por la expresión de su cara, Andras comprendió que ella no diría más nada. Sin embargo, sabía que la historia no estaba completa. Tal vez con el tiempo aprendiera que podía confiar en él. Por lo pronto, el asunto de Cash estaba resuelto. No era una amenaza y con eso se contentaba.

—Vamos a la cama.

—No es que me queje —Sorel se reía pícara—,

pero pensé que tendría una lección particular en ese Steinway de allá afuera.

—Ven acá. —Andras se dejó caer en el colchón y dio un par de palmadas al espacio vacío a su lado—. Hay otras cosas que puedo enseñarte.

Sorel gateó sobre la cama y le dio un beso juguetón. Por toda respuesta, Andras deslizó la mano entre sus piernas y con uno de sus dedos le acarició delicadamente el sexo.

—¿Duele?

—No mucho...

A pesar de su declaración, su cara decía otra cosa. Pero él no podía evitar desearla.

—Eres muy valiente.

—No me llames así.

—Ven acá. —La forzó ligeramente a acurrucarse en su costado mientras le acariciaba la espalda—. Hay otras cosas que son igual de buenas que el sexo, Sorel. Estar aquí acostado contigo, sentirte respirar, acariciar esta piel tuya tan delicada. Es suficiente...

—¡Pero estás excitado! —protestó ella haciendo el gesto hacia el sitio correspondiente—. Puedo verlo.

—Vivo en un perenne estado de excitación desde que te conocí. —Andras rio por lo bajo—. He tenido hasta que tomar el asunto en mis propias manos.

—Muéstrame.

—¿Qué? —Andras arqueó las cejas.

Ella no podía estarle pidiendo lo que él creía que le estaba pidiendo.

Una sonata para ti

—Cómo has tomado el asunto en tus propias manos.

—Ni hablar, jovencita curiosa y pervertida. —No iba a hacer *eso* delante de ella.

—¿Por qué no?

—¡Porque no! No lo entiendes, ¿verdad? Yo veo a la Sorel que está más allá de la ropa, el maquillaje y los piercings, y esa Sorel es dulce y es tierna.

—Esa Sorel no existe.

—Esa Sorel —continuó Andras haciendo caso omiso a la interrupción—, merece ser tratada con cuidado y masturbarme delante de ella no encaja con mi definición de delicadeza, tampoco hacerle el amor cuando está adolorida e irritada. Puedo esperar, esto no termina hoy.

Poco a poco la sintió relajarse contra su cuerpo. En ningún momento dejó de acariciarle la espalda y de darle pequeños besos en el tope de la cabeza. Incluso eso era poco, cada minuto que pasaba sentía que debía encontrar otras maneras de adorarla, ponerle un altar o algo así. Ella era tan especial...

—¿Por qué yo? ¿Por qué me elegiste a mí?

La respuesta no vino inmediatamente. Por un momento, Andras temió que no lo hubiese escuchado, que estuviese dormida. No sabía si reuniría el valor para preguntárselo de nuevo. En circunstancias diferentes esa pregunta podría haber parecido una queja.

—Esto puede sonar un poco aterrador, pero tómalo por el lado bueno, con la mente abierta.

En vista de que ella no decía más nada, Andras consideró que tenía que darle algún tipo de respuesta.

—Está bien.

—Yo sé quién eres, Andras Nagy. Cuando era una adolescente no quería otra cosa que ser como tú, practicaba y practicaba para sonar exactamente como tú lo hacías porque solo así era perfecto. Luego hubo otros momentos de mi vida en que la música que hacías era lo único que podía hacerme enfrentar los días. —Hizo una pausa antes de continuar—. ¿Ya te asusté?

—Todavía no. De hecho, mi ego te lo agradece. Nunca pensé que yo te agradara o que me respetaras como músico.

—Hace dos años diste un concierto aquí en Nueva York y fui a verte. Era la primera vez que te veía tocar en vivo y no fue lo mismo. No sé qué cambió, pero si bien la técnica era diez veces mayor, esa pasión ya no estaba allí. Por eso me inscribí para la tutoría y, contrario a lo que crees, peleé por ella, me preparé. Quería conocerte, tratar de entender qué te había pasado y, sé que esto va a sonar aún peor, tratar de hacer algo para que volvieras a ser el mismo. No sabía que el hombre iba a afectarme incluso más que la música que hacía.

La mirada de Sorel era expectante, como si aguardara que de un momento a otro una expresión de horror se instalara en la cara de Andras o corriera asustado a encerrarse en el baño.

—Creo que está comenzando a importarme menos que estés adolorida. —Ahora era el turno de Andras de soltar una sonrisa traviesa—. Eso de que el hombre te afecta más que la música es muy sexy.

—¿Es decir, que no temes que me convierta en Glenn Close y comience a cocinar tus mascotas?

Andras soltó una carcajada.

—No tengo mascotas, viajo mucho para tener una. Además, alguien dijo una vez que el amor sin admiración es solo amistad y creo que he demostrado que quiero ser más que tu amigo.

—Lo dijo George Sand, la amante de Chopin.

Andras no podía creer lo apropiado que era todo.

—En cuanto a lo otro, lo referente a cómo toco ahora y cómo tocaba antes, se llama madurar, Sorel. Cuando somos jóvenes, tocamos con el alma, pero a medida que envejecemos nos volvemos virtuosos. Esa es la evolución de los músicos.

—Eso no está bien. Somos intérpretes. Si no decimos algo a través de la música que tocamos perdemos nuestra razón de ser. La técnica es solo un medio, no un objetivo en sí mismo.

—Y lo dice la chica de la digitación perfecta... —Se rio bajito. Ella era tan inocente...—. Mi padre fue mi primer maestro, de hecho, fue el único que tuve hasta que gané mi primera competencia y las ofertas comenzaron a llegar. Para él nunca nada era suficientemente bueno, siempre decía que podía hacerlo mejor y me hacía trabajar hasta que los brazos me dolían.

No tienes idea de cuántas veces toqué la maldita Rapsodia Húngara hasta que sonara como se suponía que debía sonar. —La amargura se había colado tanto en la voz de Andras que hasta él mismo se dio cuenta, por lo que se tomó unos cuantos segundos para calmarse antes de proseguir—. Una vez intenté usar con él un argumento parecido, algo como «así lo toco y suena bien». Me recordó que los músicos tocamos para un público e importa poco cómo nos suene a nosotros, lo importante es que les guste a ellos. Ser músico es como cualquier otra profesión, siempre va a haber alguien mejor esperándote a la vuelta de la esquina y, o te mantienes a tono o te quedas sin trabajo, con la diferencia de que, como artistas, tenemos un ego muy grande y un campo laboral muy pequeño.

El silencio volvió a extenderse entre ellos y era extraño, incómodo si se quiere. Andras estaba acostumbrado a que ella siempre replicara, que tuviera algún comentario, la última palabra por así decirlo.

—¿Tienes frío? —le preguntó acariciándole el brazo y pegándose más a ella para cerciorarse que seguía allí.

—Estoy bien.

—¿Hambre, sed? Traje unas fresas y algo de beber. Tienes que comer algo.

—Estoy bien. —Y esa vez sonó ligeramente encrespada.

—Deberías intentar dormir un rato, debes estar cansada.

Una sonata para ti

—¿Así va a ser de ahora en adelante? ¿Vas a estar siempre pendiente de mí?

Andras no entendía de dónde provenía el mal humor. Se suponía que a las mujeres les gustaba que las mimaran un poco, que estuvieran pendientes de sus necesidades. En ese caso, no lo hacía simplemente porque fuera lo correcto, sino porque le nacía hacerlo. Tal vez ella creía que se trataba de una obligación, una fingida cortesía.

—Sí, así va a ser porque es lo que me inspiras.

—¿Lástima?

—¿Lástima? ¿De dónde sacas eso?

—Tengo sueño.

—Entonces, duerme. —Estiró la mano y la tapó con el cobertor antes de besarla delicadamente en los labios.

Capítulo 10

En algún momento entre ver dormir a Sorel y meditar respecto a qué podría obedecer su extraño comportamiento, Andras se quedó dormido. El día anterior le estaba pasando factura.

Cuando despertó, instantáneamente la buscó con su mano, pero a su lado la cama estaba vacía y fría.

Por un instante ese frío pareció mudarse del colchón al interior de su cuerpo, hasta que escuchó la música y la sensación de tranquilidad regresó lentamente.

Nadie podía sacar notas tan exquisitas de un piano como su Sorel. No obstante, en aquella ocasión, la elección del repertorio no parecía ir en concordancia con cómo él se sentía. Hubiese elegido una mazurca o un vals, incluso la Rapsodia sobre un tema de Paganini de Rachmaninoff era adecuada. Nunca el Nocturno Póstumo de Chopin.

Una sonata para ti

Salió de la cama listo para que otra de sus fantasías se hiciera realidad: Sorel con su camisa, sin maquillaje, tocando su piano en medio de la noche. No obstante, ya debía estar acostumbrado a que las cosas con ella nunca fueran como las esperaba.

Si bien tocaba su piano, estaba totalmente vestida, incluso tenía puestos los zapatos, y el maquillaje; esa máscara de líneas negras que la escondía del mundo volvía a estar en su lugar.

Tras recostarse en rato en el umbral, disfrutando de la maravillosa interpretación, Andras avanzó hacia ella tratando de ocultar su sorpresa.

Se sentó a su lado besándole el hombro cuando concluyó.

—Siempre Chopin. Tienes que reconocer que eres una romántica.

—No lo soy —le respondió con ese tono tranquilo que tantas veces lo había atrapado, pero que ahora se sentía como una pared entre ellos—. Son los románticos los que ven romanticismo en todos lados. Tú ganaste el premio Chopin. ¿Te convierte eso en un romántico?

—No lo sé, Sorel —le respondió con un tono más duro del que había previsto inicialmente. No podía poner freno a la frustración que el regreso del tono misterioso le reportaba. Para él, la situación entre ellos había avanzado en las últimas horas—. Dímelo tú. ¿Soy un romántico?

Ella se lo quedó mirando un rato, estudiándolo,

como si la respuesta a la pregunta estuviera escrita en algún lugar de su cara.

—Me temo que sí. —Y por alguna razón sonaba decepcionada—. Quién lo habría dicho.

Andras se levantó irritado. Tenía que buscar un resquicio, algún lugar por donde volver a colarse en el interior de Sorel.

Nunca se rendía fácilmente y menos ahora. De hacerlo estaría aceptando que de alguna manera ella lo había utilizado y a él nadie lo utilizaba.

Ya no.

Abrió una gaveta de una cómoda cercana que le servía como archivador y revolvió entre las partituras hasta que encontró la que estaba buscando.

—Toma —dijo extendiéndole la hoja—. Moleiro. Es hora de que comiences a tocar algo fuera de tu zona de confort. Tanto Chopin te va a volver perezosa.

Ella tomó la hoja y la estudió con ojo crítico.

—¿Qué es esto? —dijo finalmente con una mueca.

—Un joropo, sincopado, extremadamente difícil. —Con un gran esfuerzo, Andras se sacudió de encima toda reminiscencia poscoital que pudiera quedarle encima y pasó a un completo modo Maestro—. Tal vez te ayude con ese «romanticismo» que ambos sabemos que tienes dentro y que te empeñas en ocultar. Considéralo tu maquillaje musical. Aunque, citando tus palabras, tarde o temprano terminará por encontrarte.

Ella abrió la boca para responder, pero tanto su mente como sus palabras se vieron interrumpidas por tres golpes secos en la puerta.

Por unos segundos ambos se quedaron mirando la madera como si nunca hubiese estado allí y los golpes fueran un indicio de que recién se había materializado.

—Debe ser Cash —Sorel fue la primera en hablar, sacudiéndose el estupor—. Lo llamé para que viniera a recogerme.

Se encaminó hacia la puerta, pero Andras no la dejó avanzar, sujetándola por el brazo.

—¿Por qué?

—Porque es de madrugada y no quería irme sola a casa. —Le echó una mirada significativa a la mano de Andras que le impedía ir a atender la puerta. Él no se dio por aludido—. Esto es Nueva York, ¿sabes? No es seguro andar sola por las calles.

—¿Por qué te vas, Sorel? —Andras insistió, negándose a caer en el juego.

—Andras... —Cerró los ojos—. Porque no puedo quedarme.

Con un audible suspiro de frustración, Andras la soltó y, dando grandes zancadas, fue hacia la puerta.

Ella se iba, pero ese no era el problema, no era que hubiese imaginado que se iba a quedar permanentemente, que viviría con él después de haberse acostado una vez sin conocer lo más mínimo el uno de otro. El problema era que planeaba salir de allí a escondidas mientras él estaba durmiendo. El problema era que no lo había despertado y pedido que la acompañara a su casa.

¿En qué lo convertía eso a él? ¿En una jodida de una sola noche?

Abrió la puerta con violencia. Le importaba poco tener que enfrentarse al primo, al tío, al sobrino o a cualquier otra relación ligeramente incestuosa, ¡sí, incestuosa! que fuera a buscar a Sorel. Estaba que ardía de ira e indignación y, como siempre le ocurría en esos casos, los peores escenarios habían tomado posesión de su mente.

Solo que no había ningún rockero de pelo largo esperando tras la puerta, sino una mujer que él sabía que había visto antes aunque en ese instante no sabría precisar exactamente dónde.

—Me encanta que hombres vestidos únicamente con la parte inferior del pijama me abran la puerta de su casa en la madrugada, más si son tan lindos como tú. —La mujer tenía una sonrisa divertida en la boca y se mordía la uña del dedo índice con coquetería. Andras se acordó de repente. Era la camarera de Improvisación—. Se supone que los pianistas de música clásica son flacos, desgarbados y no tienen bíceps definidos ni pectorales marcados.

—Hago ejercicio —le respondió Andras con tono hosco.

—Se nota. —Le guiñó un ojo y estiró la cabeza

para mirar hacia el interior del apartamento—. Vine por Sorel.

—¿Qué estás haciendo aquí, Lara? —La voz de Sorel se escuchó desde dentro.

Andras se hizo a un lado para dejar pasar a la visitante.

—Cash me llamó. —Entró con soltura y Andras cerró la puerta—. No estaba convencido de poder controlarse si tenías un moretoncito, un labio ligeramente hinchado o caminabas de forma extraña y a ti no te hubiese gustado que le rompiera los dedos a tu novio. Sabes cómo se pone.

—Este es igualito. —Y Sorel señaló con la cabeza a Andras, quien no podía dejar de pensar que Lara había usado la palabra «novio» y Sorel no se había quejado. Solo por eso, ahora la mujer se encontraba entre sus favoritas—. Me va a volver loca.

—Bueno, está para volverse loca. —Como si de repente hubiese recordado que Andras estaba allí parado, volvió a mirarlo y lo recorrió apreciativamente con la mirada antes de regresar a Sorel—. Bien hecho.

—¿Me vas a fastidiar mucho por esto? —Sorel suspiró derrotada.

—Sí, pero de una manera cómica, al estilo «tienes que contarme todos los sucios detalles». Para lo otro tenemos a Cash.

—¿Eres otra prima o algo así? —intervino Andras, cansado de ser un invitado de piedra en su propia sala.

—No, lindo, otro primo Anglin podría destruir el delicado equilibrio de la sobreprotección en el planeta Tierra. —Lara le sonrió ampliamente—. Solo soy una ciudadana que cumple con su deber de ayudar al prójimo. —Luego se volteó a Sorel y dijo—: Ahora agarra tus cosas y salgamos de aquí, si nos demoramos más de la cuenta encontraremos a Cash tocando canciones del marido de Nicole Kidman.

—¡Dios nos ampare! —Riendo, Sorel tomó su bolso y se encaminó hacia la puerta.

Lara tosió. Una de esas tosecitas que no era producto de ningún elemento extraño que se hubiera instalado en su garganta o en sus pulmones, sino un evidente y no muy disimulado intento de llamar la atención.

—¿No hay besito de buenas noches? —Miró alternativamente a Andras y a Sorel frunciendo los labios—. Niña, si no sabes cómo hacerlo yo estoy más que dispuesta a darte una demostración.

Haciendo honor a su palabra comenzó a andar con paso decidido hacia Andras.

—Caminas hacia él como si no fuera gran cosa, lo agarras por el cuello. —Para ilustrar su punto tomó a Andras del hombro quien, en medio de la sorpresa lo único que podía hacer era mantener los ojos abiertos como platos—. Y le das algo para que se quede pensando en ti toda la noche.

Como nadie parecía reaccionar a su demostrativa

explicación, Lara hizo amago de inclinarse hacia Andras.

—¡Está bien, está bien! —La voz de Sorel sonó algo más que ligeramente alarmada e hizo un gesto como quien se aparta una mosca fastidiosa—. Retírate.

Lara dio dos pasos atrás y cruzó los brazos sobre el pecho.

Sorel salvó el espacio que la separaba de Andras y sin ningún preámbulo se subió de puntitas y le dio un besito muy casto en la boca.

—¡Oh, por Dios! Seguro que puedes hacerlo mejor. —Lara miró a Andras, en cuyo rostro la confusión había dado paso al entretenimiento—. Dime que puede hacerlo mejor.

Esa vez fue él quien se inclinó posando sus manos en las caderas de Sorel y la atrajo hacia sí. El beso que le dio no tenía nada de casto. Ella no lo rechazó, lo que lo incitó a ir más allá. Le abrió la boca con la lengua y no se detuvo hasta que la satisfacción de sentir las manos de ella contra su pecho le recordaron que había alguien mirándolos y él solo tenía puesto el pantalón del pijama.

Se retiró entonces, no sin antes jugar un poco con sus labios, particularmente con el inferior, donde estaba ese aro de plata que parecía apartarlo del buen juicio.

—¿Mañana? —le preguntó bajito.

—Mañana —le respondió ella casi sin aliento, ruborizada, pero sonriendo—. A las tres, el Moleiro. Lo llevaré preparado.

—No llegues tarde.

—Sabes que voy a hacerlo.

Andras levantó la vista y se encontró con la mirada satisfecha de Lara, a quien alcanzó a lanzarle un «gracias» solo con el movimiento de sus labios.

Por toda respuesta, ella le guiñó un ojo.

Capítulo 11

Andras no durmió mucho esa noche. Su dificultad para conciliar el sueño no tenía nada que ver con alguna fantasía sobre la piel de Sorel o con la evocación de los sonidos que emitía mientras él la penetraba. No era eso lo que lo mantenía tan ansioso. Simplemente estaba lleno de una adrenalina que parecía quemarle la piel desde dentro en un infructuoso esfuerzo por liberarse.

Por eso trabajó.

Terminó el borrador del primer movimiento de la sonata que estaba componiendo y comenzó el segundo. Si bien la primera parte hablaba de esa Sorel divertida y fresca, que lo hacía reír como un niño, la segunda evocaba la forma en que habían hecho el amor. Apasionada sí, pero con la ternura que las primeras veces implican, con ese descubrimiento y sorpresa que la inocencia, tanto entregada como recibida, suele generar cuando hay buenas intenciones. En términos musicales, el primer movimiento era un *allegro* y, el segundo, un *adagio*.

Como un vaso lleno en el que se sigue vertiendo líquido, la inspiración de Andras parecía desbordarse. No podía parar de escribir y continuó haciéndolo incluso al día siguiente, entre una clase y otra, durante la hora del almuerzo, también mientras esperaba que Sorel, tarde como siempre, llegara.

—Eso es realmente muy bonito.

Cristóbal estaba recargado en el marco de la puerta. La concentración de Andras era tanta que no lo sintió llegar, pero ahora que lo veía no podía negar que la expresión en la cara de su amigo, esa mirada perdida mientras se frotaba el labio inferior que solo exhibía cuando algo realmente le llamaba la atención, le causaba cierto orgullo.

Ese tipo de interrupción no lo molestaba. Por el contrario, le hacía saber que, como siempre, estaba alcanzando el objetivo que se había propuesto y todo parecía indicar que el resultado sería brillante.

Se lo debía a Sorel.

—Veo que fue acertada mi decisión de poner a la señorita Anglin de última en tu agenda. Cuando ella no aparece, al menos tienes la opción de hacer algo productivo con ese tiempo.

Escuchar a Cristóbal hablando de Sorel en esos términos le dio un giro de ciento ochenta grados a sus emociones. La bienvenida interrupción de su amigo comenzaba a irritarlo, pero si antes no había dejado que esa molestia se reflejara demasiado en su cara, ahora que de verdad tenía algo que ocultar iba a hacer un tremendo esfuerzo por disfrazarla.

—Ya llegará. —Andras sonrió y el gesto no fue fingido, estaba tratando de adivinar qué extraño atuendo llevaría.

—Lo dudo. —Cristóbal comenzó a caminar hacia él antes de echar una mirada significativa al reloj—. Casi van a ser las cuatro de la tarde.

Andras miró confundido hacia el aparato. Estaba tan concentrado en su trabajo, el que ahora implicaba pensar en Sorel mucho más que antes, que no se había dado cuenta de la hora.

—Ayer no se sentía bien, es probable que esté enferma. —Se esforzó en sonar desinteresado, aunque lo que quería era protestar como un chiquillo diciendo «ella prometió que vendría».

—Tengo conocimiento de que la señorita Anglin asistió regularmente a sus otras clases de hoy, lo cual, debo decir, es un comportamiento inusual.

En ese punto, Andras solo quería saber por qué Cristóbal insistía en torturarlo de esa manera. Que su amigo no supiera el daño que sus palabras le infligían no disminuía el dolor de los azotes verbales. Estaba muy cerca de alcanzar el límite y salir corriendo a buscarla. No tenía su número, pero sabía dónde vivía. No obstante, optó por controlarse un poquito más, contando mentalmente hasta diez.

—Ayer le di un Moleiro para que lo preparara, tal vez no lo dominó y necesita más tiempo. —Andras se encogió de hombros como si tal cosa—. Por cierto, ¿cuánto le falta para graduarse?

—Un año, más o menos, aunque si demostrara el más mínimo interés podría presentar exámenes anticipados y preparar algo en composición para ganar créditos extras —Cristóbal contestó casi de forma automática antes de que la duda surcara su rostro y le hiciera unir las cejas—. ¿Por qué lo preguntas?

—Estaba considerando la posibilidad —Andras intentó sonar desapegado, imperturbable— de llevarla conmigo de gira. Sabes que tengo unos compromisos ya pautados para cuando termine con esto y pensé que sería bueno, ya sabes, brindarle un poco de experiencia de tipo profesional. Pero, claro, no tengo interés en que eso interfiera con sus actividades académicas.

—Oh, no, no, no. Dime que esto no está pasando de nuevo. —Cristóbal estalló al momento en que la última sílaba dejó los labios de Andras y comenzó a pasarse las manos por el rostro—. Me temía esto, desde el principio lo sospeché.

—No tengo idea de lo que estás hablando.

—¡Claro que la tienes! Pero si quieres que te lo recuerde no tengo problema: Siena Planchard.

Solo la mención de ese nombre traía una especie de remembranza tangible que se posaba sobre el alma de Andras como una película viscosa, envolviéndolo y dificultándole respirar.

Siena era el recuerdo más bello de su vida y, a la vez, su mayor decepción. Siempre se había preguntado cómo una adolescente podría significar tanto, más cuando ya había pasado más de una década. Para ser exactos: catorce años y doscientos veinte días. No es que llevara la cuenta.

—Siena... —Como siempre le ocurría al decir su nombre, tuvo que tomarse unos segundos para recordar la forma correcta de respirar. La rabia, la indignación y la vergüenza estaban concentrados en ese nombre—. Fue algo que tú pusiste en mi camino, una trampa.

—Yo puse a Siena en tu camino porque necesitabas aprender a tocar otra cosa que corcheas, pero la trampa no te la puse yo. Te saqué de ella, por si no lo recuerdas.

—¡Llamaste a mi padre!

A esas alturas ambos estaban sosteniendo a gritos la misma discusión que hacía catorce años y, si la historia se repetía, Andras iba a acabar completamente destrozado. Algunas heridas nunca se cerraban completamente, sobre todo aquellas que eran infligidas al orgullo.

—¿Y qué querías que hiciera? Te acostaste con una chica y creíste que podías cambiar el mundo. Querías casarte a los quince años y llevarte a Siena contigo para convertirla en una gran pianista cuando eras plenamente consciente, aun a tu corta edad, de que no tenía madera y ella te siguió el juego creyendo que había encontrado su gallina de los huevos de oro.

—¡No fue así! ¡Siena no era así! —Aun después de tantos años, aun después de haber aceptado que no había sido más que un tonto útil para los Planchard, Andras se negaba a reconocerlo en voz alta.

—Sabes que sí. De lo contrario, ¿por qué aceptó su familia el dinero de tu padre y sus conexiones para enviar a Siena a un conservatorio en París donde nunca se le hubiera permitido solicitar su admisión? Y lo que es peor, ¿por qué ella nunca quiso volver a hablar contigo después de eso? —Cristóbal dejó escapar un audible suspiro y cerró los ojos intentando controlarse—. El primer amor nos cambia, Andras, y moldea las futuras relaciones que tenemos. Después de Siena jamás volviste a salir con una pianista, con ningún músico para ser exacto. Buscaste mujeres que pudieran darte algo en vez de aquellas que necesitaran algo de ti, pero ahora estás repitiendo el patrón inicial con Sorel Anglin, solo que en vez de tocar el Nocturno de Scriabin estás componiendo una sonata.

—Sorel no es Siena...

—Es peor. No niego que al principio Siena sintiese algo por ti y los Planchard solo vieron una oportunidad y la aprovecharon. En cambio, la familia de Sorel tiene experiencia en este tipo de cosas.

—No sé de qué estás hablando. —Más exactamente, Andras no *quería* saber de qué hablaba Cristóbal, por lo que recogió primero sus partituras y luego el abrigo que había dejado arrugado sobre una silla y comenzó a ponérselo.

—Tú no tienes idea de quiénes son los Anglin ni de dónde provienen y no te culpo. —Cristóbal levantó las manos en señal de rendición—. Los músicos clásicos tenemos la tendencia a estar tan absortos en nosotros mismos que no pensamos en nada más. Hasta que no eché un ojo al expediente de la chica e hice algunas llamadas yo tampoco sabía. Reva Anglin es la tía de Sorel.

El nombre le era vagamente familiar a Andras. Se lo había tropezado cuando buscaba información de Sorel por Internet, pero no se había detenido en hacer ninguna conexión y ahora cualquier cosa que pudiera haber leído no era más que el visual recuerdo de unas letras en azul sobre el fondo blanco que la página de Google proveía.

Sin embargo, no preguntó nada. No le interesaba, pero a la vez se sentía incapaz de mover las piernas y salir de allí.

—Y Reva Anglin —prosiguió Cristóbal con su exposición que nadie le había pedido— es la diva más grande de la música country en este país. Por si esto fuera poco, el padre de Sorel, John Anglin, es un productor importantísimo en ese género, tanto como P. Diddy en el rap. Sabes quién es P. Diddy, ¿verdad?

Andras asintió sonriendo. Le había quitado un peso de encima. Cristóbal no se estaba dando cuenta del fallo en su teoría.

—Me estás dando la razón, Cris. —Se apresuró a levantar nuevamente las paredes defensivas en torno a esa relación que tenía pensado atesorar—. No tengo nada con la señorita Anglin, pero aunque ese fuera el caso, no tienes nada de que preocuparte, ni yo tampoco. Los padres de Siena no tenían dinero ni conexiones, tampoco sabían nada de música, de allí su interés. En cambio, si Sorel está relacionada con personas importantísimas en el mundo de la música, ¿qué podría querer de mí? Obviamente, no dinero, tampoco contactos, como ocurrió con los Planchard. Estoy seguro que su padre o su tía pueden conseguirle un contrato discográfico o una serie de conciertos con solo descolgar el teléfono. De hecho, me parece que acabas de convertirla en el tipo de mujer que tú aseguras que busco.

El último comentario estaba de más. Andras lo sabía, pero no pudo evitarlo, es más, había sido calculado. Era como hacer un despliegue de técnica ante un público ya abrumado. El golpe final, por así decirlo, que lo ayudaría a sentar las bases para una relación pública con Sorel más adelante.

—¡Es ahí donde te equivocas! —Obviamente, Cristóbal no se había visto afectado en modo alguno por su discurso—. Aunque no te des cuenta, nosotros vivimos en un universo donde los Anglin son considerados campesinos con suerte. Sin MTV, VH1 o American Music Award solo tienen frente a ellos una puerta cerrada y tú eres la llave.

—Debes dejar de ver telenovelas con tu abuela, Cristóbal. —Andras se puso el abrigo y guardó las partituras.

—¿Sabes cómo pasó Reva Anglin de cantar en bares de Nashville a superestrella de la música? —Cristobal hizo una breve pausa antes de continuar—. Usando una cama y no cualquier cama. Colton McIntire es el guitarrista de música country más famoso de todos los tiempos. Una leyenda. Un maldito Carlos Santana. Reva lo conoció cuando cantaba coros en una de sus grabaciones, lo engatusó y comenzaron una relación tormentosa. Muchos titulares de prensa, muchos escándalos. Él impulsó su carrera y, cuando ella estaba bien situada, lo mandó a paseo y no de una forma discreta. Hubo canciones acusadoras por parte de uno y otro que llegaron al número uno y aún siguen en eso. Cuando se habla de guerra en ese género, esos dos son los países en conflicto.

—¿Y tú cómo sabes todo eso?

—Soy jefe de cátedra en Juilliard, la música es mi trabajo, además veo TMZ. —En ese punto Cristóbal se masajeó las sienes y cerró los ojos—. Lo digo en serio, Andras, es la manera en que ellos operan.

—¡Pero no hay nada entre Sorel y yo! —Andras no pudo evitar darse cuenta que sonaba como un chiquillo. Pero era todo lo que tenía; si podía mantener esa mentira, si podía seguir viviendo en esa burbuja con Sorel, todo lo demás carecería de importancia.

—Y aun así la llamas por su nombre. —Cristóbal sacudió la cabeza ligeramente—. Y te la quieres llevar de gira.

—Ella ni siquiera está aquí, no viene a clases. —Andras hizo un ademán airado en torno al salón vacío—. Tú mismo lo dijiste: la música no parece interesarle. ¿Acaso crees que va a engatusarme en ausencia?

—Puede que sea una táctica. —Cristóbal lo señaló con su dedo índice—. Tú eres un artista y, como tal, inmaduro y propenso al drama. Qué demonios, ¡te gusta el drama!, te alimenta, por eso eres tan buen intérprete y ¿qué mayor drama que una chica misteriosa, lo suficientemente inteligente para hacerse la difícil, para jugar al «cálido y frío»? Una vez que capte tu atención, cosa que debes confesar que ya ha ocurrido, y te dejes atrapar en esa espiral, estarás perdido.

—Hay algo que se te está olvidando. —La respuesta de Andras llegó en forma de ira contenida, incluso apretaba los molares de una forma que dolía.

—¿Y qué es?

—Que yo soy un hombre y, ella, una niña. No es mi primera vez.

—No. Tú eres un profesor y, ella, una estudiante, lo que te pone en una situación comprometida desde cualquier ángulo ya sea profesional, moral o sentimental. Y tú mejor que nadie deberías saberlo, ya que, como tú mismo has dicho, no es la primera vez que intentan joderte.

Cuando Cristóbal abandonó el salón cerrando la puerta tras de sí no era molestia lo que había en su rostro, bueno no en su mayor parte, sino preocupación, y Andras conocía bien esa expresión. Hasta que aquel bochornoso asunto con Siena fue resuelto ese verano en París, fue la única que ocupó cada centímetro de la cara de su amigo.

Pero Sorel no era Siena. No podía serlo. La virginidad era algo tangible, algo que no podía fingirse ni calcularse. No obstante, también había sido la primera vez para Siena y eso había sido una de las herramientas que su familia utilizó en contra de su conciencia.

Los Planchard le dieron la bienvenida sabiendo lo necesitado que estaba del calor de un hogar después de aquel viaje que lo había mantenido meses apartado de su casa y ese espacio significó tanto para él como el que ella le había hecho entre sus piernas.

Andras sacudió la cabeza bruscamente tratando de espantar los recuerdos, pero mientras los de Siena se desvanecían otros más frescos tomaban su lugar.

Sorel había reconocido que lo admiraba, que había ido tras la tutoría solo para conocerlo y todo en ella parecía un gran teatro: sus frases crípticas, su ropa, la facilidad con la que había sucumbido a sus insinuaciones y sus ausencias. «Cálida y fría», había dicho Cristóbal. Él siempre había sentido que había algo detrás de todo aquello.

Además, estaba el hecho de esa sesión de sexo sin protección, la calma de ella que él había atribuido a su inocencia y las implicaciones que ese desliz podía conllevar.

En ese punto de sus cavilaciones solo la fuerza de voluntad o, más bien dicho, la terquedad, mantenían la desesperación a raya. SOREL NO ERA SIENA.

No podía serlo simplemente porque él se había jurado a sí mismo que ninguna mujer iba a volver a verle la cara de idiota.

Capítulo 12

Al día siguiente, Sorel tampoco apareció a la hora pautada y Andras no quiso esperarla. Su ausencia debía ser un indicador de que las suposiciones de Cristóbal eran erradas, pero eso tampoco le servía de consuelo. A esas alturas cualquier cosa que pudiera pasar era mala: si Sorel acudía a él quedaba la duda de por qué lo hacía y, si no, solo dejaba claro que lo que había pasado entre ellos solo tenía importancia para él.

Encerrado en ese apartamento prestado en una ciudad que le era ajena, intentó corregir el borrador de los dos primeros movimientos de la sonata, pero lo que antes parecía perfecto ahora le sonaba a mentira, como si sus sentimientos al no ser correspondidos por alguna razón perdieran validez y dejaran de ser reales.

Esa era otra de las cosas en las que Cristóbal tenía razón: era un maldito adicto al drama y la torrencial lluvia otoñal que caía afuera no hacía más que potenciar su estado de ánimo.

Podía tocar otra cosa para entretenerse o también, y eso era lo más recomendable, ponerse a trabajar por lo que ahora le estaban pagando.

Los patrocinadores que subvencionaban las tutorías que estaba dando en Juilliard habían sugerido un pequeño recital cuando las clases terminaran. Era una forma de presumir un poco de lo que sus billetes habían dado a la comunidad y obviamente él era el plato fuerte para vender las entradas.

Tenía que preparar qué tocarían sus protegidos y finalmente con qué cerraría él la presentación y, como bien sabía, la mayoría de las veces el repertorio era más importante que el desempeño.

El hombre de negocios que había potenciado al artista desde que se había convertido en adulto tomó el mando. Lo que tocarían los chicos tenía que reflejarlo a él, más que el talento individual que cada uno poseía, pues eso era lo que la gente quería ver: cómo el gran maestro los había influenciado.

Al adolescente de ascendencia asiática que ocupaba su primera hora le daría la Rapsodia Húngara. Era una pieza que el público asociaba con él y el muchacho la había tocado en la audición, por lo que no requeriría mucho trabajo. Solo tendría que darle algo de su toque personal en la interpretación: una sonrisa por aquí, un mohín por allá y tal vez una sacudida de cabellos en el momento preciso.

La belleza afroamericana ocuparía el segundo lugar. A un virtuoso asiático todos lo esperarían, pero aquella chica conseguiría elevar las expectativas de la audiencia. Para ella, que era todo sentimiento, la sonata Claro de Luna de Beethoven. Con esa pieza Andras había ganado el premio Van Cliburn, por lo que estaba ligada a su carrera. El trabajo con ella debía estar enfocado en la técnica, pues lo que eran los truco de interpretación le salían de forma natural.

Faltaba determinar lo que tocaría Sorel, si es que se dignaba a aparecer y terminar lo que había empezado, en todos los sentidos. Preparando el escenario hipotético, no podía imaginarla tocando una simple pieza o una sonata, la quería frente a una orquesta con un endemoniado concierto para que todo el mundo tuviera tiempo de verla bien, de caerse de sus asientos, y los críticos se apresurasen a escribir sus reseñas, maravillados.

Quería demostrar lo que opinaba sobre ella. Si no podía probar que tenía sentimientos por él, que lo que había pasado entre ellos significaba algo más que sexo o, lo que era peor, una transacción de negocios, al menos demostraría que el respingo que su alma sufría cada vez que la escuchaba al piano no tenía nada que ver con lo que ocurría dentro de sus pantalones.

En ese aspecto no cabía la menor duda: SOREL NO ERA SIENA.

No le costaría mucho convocar a una orquesta y

le importaba poco que hablaran de favoritismo. Solo tendría que hacer un par de llamadas...

El golpeteo apresurado en su puerta lo sobresaltó. No esperaba a nadie, no tenía amigos en la ciudad salvo Cristóbal y últimamente ambos se estaban evitando con precisión casi quirúrgica. A menos que...

Como el mismo paso y estado de ánimo que un niño se dirige al árbol la mañana de Navidad, Andras fue hasta la puerta y abrió con más violencia de la que había previsto.

Sorel estaba empapada, su corto cabello pegado en su cabeza y unas gruesas líneas de maquillaje negro chorreaban por sus mejillas dejando rastros irregulares. No obstante, más allá de su lastimero aspecto, había fuego en sus ojos y una sonrisa enorme en su boca.

—El Moleiro —le dijo entre jadeos, como si en vez de tomar el ascensor hubiese subido corriendo por las escaleras los siete pisos que los separaban de la calle—. Tenías razón, es fabuloso, diferente a cualquier cosa que haya tocado antes...

—Hace dos días que no vas a clase —consiguió decir Andras, como siempre, atrapado en un torbellino de emociones en lo que la veía—, que no vas a *mi* clase. Por lo que escuché, has cumplido con el resto de...

—Tenía que dominarlo primero —lo interrumpió ella, su voz llena de una excitación que se correspondía perfectamente con la forma en que movía los brazos—. ¿No lo entiendes? No quería fallarte.

—Estás mojada —le respondió él, tratando de pasar por alto que al escuchar sus palabras el corazón se le había parado momentáneamente.
—Está lloviendo.

La visión de Sorel con una chaqueta de cuero que ahora parecía pesar toneladas sobre su delicado cuerpo, unos vaqueros desgastados cortados a la altura de sus pantorrillas que tenían un color azul oscuro debido al agua y las sempiternas botas le hicieron darse cuenta que las frases que estaba diciendo no lo iban a llevar a ningún lado y, lo que era peor, no significaban nada.

Había cosas más urgentes que sus sentimientos de abandono y su posible problema cardíaco, y estaban relacionadas con asuntos más mundanos, como los elementos.

—¿En qué estabas pensando? —le dijo apartándose bruscamente de la puerta para dejarla pasar—. ¡Vas a enfermarte! Tienes que quitarte esa ropa ahora mismo.

Sorel entró prestándole muy poca atención a las amonestaciones. Escarbando dentro de su bolso de mensajero, sacó una partitura y se fue directamente al piano.

—¡Oh, no, señorita! —la reprendió interponiéndose en su camino—. No te vas a sentar en mi piano en ese estado. Ducha caliente ahora, te llevaré algo de ropa y te prepararé un té.

La expresión de Sorel se endureció, como si en vez

de un regaño hubiese recibido una cachetada inesperada.

—Luego podemos revisar ese Moleiro todo lo que quieras —se corrigió intentando su sonrisa más cálida, y no le fue difícil. Ella estaba allí, con él, y todo lo demás, todas las dudas y suspicacias, se habían evaporado.

Cristóbal tenía razón: estaba en una posición perfecta para que lo volvieran a joder.

Con un suspiro de resignación, Sorel se dio la vuelta, se sacó el bolso y en su mejor estilo lo dejó caer al piso para luego adentrarse en la habitación de Andras.

Tratando de no pensar en que ella estaba allí dentro, probablemente cerca de su cama y seguramente quitándose la ropa, Andras se fue a la cocina a preparar el té.

Que su condenación estuviese ya asegurada no significaba que fuera a apresurarla traspasando el portón del infierno. A fin de cuentas, ella había ido hasta su casa solo por una cuestión académica y, por mucho que una conocida tirantez se hubiese instalado en su bajo vientre, era mejor dejar las cosas en el ámbito absolutamente profesional.

Le llevaría algo que ponerse solo cuando estuviese seguro de que ella ya estaba en la ducha y bajo ninguna circunstancia se pararía a menos de un metro, mejor dos, de la puerta de ese baño.

Preparó el té con más concentración de la que re-

Una sonata para ti

quería tal actividad y lo dejó sobre la encimera de la cocina. Luego pasó a la habitación tratando de no mirar hacia el baño, cuya puerta ella había dejado abierta, y revolvió en su clóset. Una sudadera gris con el logo del Royal Opera House la mantendría caliente y le quedaría lo suficientemente grande para no insinuar nada.

También necesitaría unos pantalones de hacer ejercicio. Nada más tentador que notar sus piernas desnudas después de saber lo bien que se veían, y sentían, enrolladas en su cintura. La sola evocación lo hizo fantasear con la perspectiva que tendría de esas extremidades si las ponía sobre sus hombros.

—¡Sorel! —gritó sin voltear hacia el sitio que lo atraía inexorablemente—. Te dejo ropa seca sobre la cama.

—Gracias. —La voz sonó peligrosamente cerca y, a pesar de lo que le dictaba el buen juicio, se volteó y todo fue una condenada remembranza.

Sorel salió del baño con la toalla enrollada, tal y como lo había hecho aquel día. Se acercó hasta la cama y cogió el alijo.

—Te dejé un té caliente fuera. —La voz de Andras salió en una extraña combinación: ronca y temblorosa—. No sé si sería conveniente darte un par de aspirinas. ¿En qué estabas pensando? Hace frío fuera. ¡Es noviembre! Por si no lo sabías, la gente no sale a darse una ducha natural en medio de la calle con esta temperatura solo por revisar un condenado joropo que hubieses podido repasar conmigo si te hubieras molestado en ir a clase. —La voz de Andras, en un principio temblorosa, había ido escalando hasta convertirse prácticamente en un chillido—. ¿Qué se supone que he de hacer si pillas una pulmonía?

—Nada, no se supone que tengas que hacer nada. —Sorel estaba mortalmente seria, echando chispas por los ojos—. Solo Dios sabe que tengo suficiente gente que se toma esas responsabilidades.

Con los movimientos bruscos que nacen de la rabia, Sorel agarró la sudadera y se la puso para después dejar caer la toalla en el piso.

—¿Estamos hablando de Cash?

—¿Cómo llegó Cash a esta conversación? —Ahora ella parecía más que cansada, harta. Respiró cerca de un minuto mientras se apretaba el puente de la nariz y en ese minuto las emociones de Andras fluctuaron en todas direcciones desde la rabia y los celos, pasando por la duda, hasta algunas mucho más libidinosas que le recordaban que no había nada más que piel debajo de esa sudadera—. Mira, Andras, hay dos cosas de ti que quiero, mejor dicho que *necesito*, en estos momentos. Una de ellas es que revisemos la pieza y la otra es que me beses. Más adelante, tal vez en otro momento, quizás pueda haber otra cosa, pero de momento es solo esto. Así que, ¿cuál va a ser?

Andras no tuvo que tomar ninguna decisión. Su cuerpo lo hizo por él.

Una sonata para ti

En una zancada tenía a Sorel entre sus brazos, apretada contra sí, y su boca la devoraba con toda la ansiedad acumulada en su cuerpo durante los últimos dos días.

Las palabras de Sorel bien podían ser una confirmación de los temores de Cristóbal o bien podían ser interpretadas precisamente en la dirección opuesta. ¿Qué más daba? En aquel punto estaba dispuesto a darle cualquier cosa que ella le pidiera, cualquier cosa que necesitara de él aun a costa de su orgullo.

Mientras las manos de ella se deslizaban hasta el cierre de sus pantalones, había una voz en su cabeza que le repetía que era un debilucho, que estaba siendo utilizado, ya fuera por fama o por sexo, por una jovencita que carecía de la experiencia que él tenía.

Nunca se había sentido tan feliz y realizado de ser un títere. Más cuando el titiritero estaba haciendo un trabajo excelso subiendo y bajando con su mano por el único hilo que importaba.

Definitivamente, aquella frase de «te tengo en la palma de mi mano» nunca había sido tan adecuada ni tan cierta.

—Sin delicadezas, Andras —le dijo mientras acariciaba con el pulgar ese lugar que ya comenzaba a sacar las primeras gotas de humedad—. Por favor, quiero sentir que me deseas, que estoy viva, que no soy una muñeca de porcelana.

Había tanta súplica en su voz, tanta añoranza que, aun cuando ella le inspiraba un deseo que siempre iba acompañado de una ternura que no se creía capaz de poseer, al menos si no estaba al piano, trató de separar ambas cosas, de refrenar sus sentimientos y dejar que el instinto se hiciera cargo.

Profundizó aún más en el beso y buscó con su mano ese lugar que le indicaba que ella estaba en el mismo estado que él. No fue suave, tal y como ella se lo había pedido, y al momento en que hizo contacto con su humedad se dejó llevar. Con la mano abierta la masajeó hasta que el único sonido a su alrededor fueron los jadeos cada vez más altos de Sorel.

En medio del frenético desespero que ambos se estaban produciendo, sus cuerpos insistían tercamente en pegarse más aún a través de la ropa y el calor. ¡Oh, Dios, el calor! Ya no era posible que Sorel se resfriara, en todo caso, podía quemarse de dentro hacia afuera al igual que le estaba ocurriendo a él.

A trompicones cayeron sobre la cama y había demasiada ropa. Andras se maldijo por la enorme sudadera que le había dado y que en algún momento, ya no recordaba por qué, le había parecido una buena idea. La única idea, buena o mala, que tenía en ese momento era quitarla del camino y Sorel pareció leerle la mente.

Empujándolo, lo tiró de espaldas y se sentó sobre él. Una vez erguida, se sacó la sudadera y volvió a tomarle el sexo aproximándolo a su humedad, deslizándolo entre sus capas. Las caderas de Andras se movían por instinto hacia arriba en algo que más se parecía a una convulsión. Podía sentir la tensión que se acumulaba y en un minuto más se derramaría allí en la entrada.

—Sorel, espera... necesito... necesitamos... protección.

Primero la expresión de Sorel fue una especie de rabia contenida, como la de un animal salvaje exento de todo raciocinio; luego abrió la boca, como quien va a decir algo, pero al final desistió de la idea y rodando hacia un lado dejó libre a Andras, quien rápidamente se arrastró hasta el cajón de la mesa de noche donde, tras la última visita de Sorel, había dejado los condones a mano. ¡A mano! Con ella y las sensaciones que le producía, lo más a mano que se le antojaba era tenerlo puesto todo el tiempo.

Aprovechando el minuto de sosiego se levantó y dejó caer sus pantalones y bóxers, que a esas alturas estaban ya por sus caderas.

Justo antes de que comenzara a hacerse cargo de aquello que lo hizo detenerse, las manos de ella lo rodearon por la espalda desabotonando su camisa y, como consecuencia de su contacto, sus movimientos se volvieron torpes.

Sin saber cómo, finalizó el recubrimiento en el preciso instante en que sus brazos fueron hacia atrás para que ella terminara de desvestirlo.

Aunque el momento de calma le había servido para que la urgencia cesara, eso no quería decir que la deseara menos, sino que estaba preparado para tomarse su tiempo y dejarla hacer con su cuerpo todo lo que ella quisiera sin que la fiesta terminara demasiado pronto.

—¿Estás segura de saber cómo hacer esto? —le dijo él, medio en broma medio en serio, mientras se dejaba caer de espaldas en la cama.

—No puede ser tan difícil. —Con una sonrisa juguetona volvió a trepar sobre él—. No es física nuclear.

—No, es música a cuatro manos. —Tomó sus caderas y la puso exactamente donde la quería—. Y requiere práctica, mucha práctica, no queremos problemas de sincronización.

—Entonces, es mejor que comencemos de una vez.

Poco a poco lo fue introduciendo en ella hasta que lo tomó por completo dentro de sí y Andras perdió toda capacidad de hacer juegos de palabras o bromas ocurrentes.

La sensación de estar sumergiendo, no solo una parte de su cuerpo, sino todo su ser, en ese lugar que lo apretaba con cálida humedad, no era nueva. Sin embargo, con ella no era solo una sensación física, sino algo que trascendía las barreras de la piel hasta instalarse en medio de su pecho, un poco hacia la izquierda, donde la biología decía que estaba el corazón.

Sorel había asegurado que no quería que fuera delicado y no lo fue. Andras no podía ni quería contenerse: enterró los dedos en sus caderas y le enseñó

Una sonata para ti

cómo debía moverse, acoplando sus ritmos en poderosas embestidas de ambos lados. Sin embargo, el ritmo y la urgencia no eran un indicador de desapego, por el contrario, demostraban lo hambriento que no solo su sexo, sino también sus sentimientos estaban por ella.

—¡Andras! ¿Andras?

Su nombre en los labios de Sorel, en todas las entonaciones posibles, repetidos como un mantra era más de lo que podía soportar. La volteó hasta que invirtieron lugares y, en una penetración más, ella se deshizo en medio de contracciones que lo exprimían con urgencia y hacían rotar sus caderas.

Un poco después él también estaba saltando por el precipicio en el orgasmo más poderoso que había sentido, haciéndolo quedar paralizado y rígido hasta que sus brazos no lo soportaron más y cayó sobre ella.

Capítulo 13

Cuando pudo retomar las funciones motoras de su cuerpo, Andras consiguió posicionarlos a ambos adecuadamente sobre la cama sin dejar de tocar a Sorel.

Doblando los cobertores, la cubrió del frío y disfrutó de la reconfortante sensación de pasar delicadamente los dedos por su piel de seda.

La piel... siempre era más suave y tersa después del sexo y tratándose de Sorel la sensación era casi adictiva.

Extra suavidad redoblada. Estaba convencido de que deberían usarla a ella como modelo para cualquier comercial de suavizante de ropa o crema humectante, incluso uno de almohadas extra esponjosas.

Si tan solo hubiese resistido el impulso de abrir la boca...

—Me voy a Budapest en Navidad, cuando la tutoría termine, y voy a estar muy ocupado para regresar en cuatro meses, quizás cinco.

—Ok. —La voz de Sorel sonó ligeramente perturbada—. Yo no... Siempre he sabido que tarde o temprano te irías. No me debes ninguna explicación.

Fue en ese momento cuando Andras se dio cuenta de cómo sonaba lo que había dicho y ¡maldito fuera!, no se podía decir algo tan frío en una situación como esa, mientras estaban abrazados después de tener sexo.

Tiempo de volverlo a intentar.

—Lo que quiero decir es que, tal vez, querrías venir conmigo.

Un segundo, dos segundos, tres segundos.

—¿A Budapest?

Bueno, no se refería exactamente a eso. Aunque precisamente en ese momento se sentía físicamente incapaz de separarse de ella, pensar en Sorel pasando las navidades con su padre era una especie de comedia negra cuyo final podía resultar en un severo síndrome de estrés postraumático.

Al viejo y tradicional Zsolt le daría lo más parecido a una hemiplejia emocional ver entrar a Sorel, con sus extrañas ropas y su aro en el labio en su solemne museo. Hasta que la escuchara al piano, claro.

Luego vendría lo peor.

No le haría ningún halago, solo críticas, aunque detrás de su ceño fruncido y sus palabras duras solo Andras podría adivinar la complacencia que le producía escuchar algo que siempre podía mejorar, pero que era lo suficientemente bueno para que el gran Zsolt Nagy se tomara la molestia de otorgarle su valioso tiempo.

Sí, él conocía todo el repertorio de palabras bruscas, miradas ceñudas y muecas de reprobación que existían en el arsenal de su padre, y por el hecho de tenerlas claramente identificadas y saber su significado oculto todavía mantenía una relación con el hombre.

Luego, Zsolt intentaría conservar a Sorel bajo su égida para exhibirla como uno de sus logros y lo conseguiría a fuerza de alabanzas que comenzaban a formarse, pero nunca eran completamente dichas. Los alumnos de su padre vivían buscando una aprobación que estaba siempre en la punta de sus dedos, pero nunca llegaba. Andras lo había experimentado en carne propia.

No. Si en algún momento llevaba a Sorel a Budapest sería para mostrarle el sitio que llamaba casa y la ciudad que siempre le daba la bienvenida sin importar lo largo de sus ausencias. Su padre tendría que esperar hasta que él estuviera seguro de que ella no saldría corriendo después de un vistazo de lo que podría ser la tortura emocional más adictiva que cualquier ser humano hubiese conocido.

—Si quieres —consiguió decir en un tono despreocupado, aunque por dentro deseaba que no quisiera, no por ahora—, pero me refería concretamente a la gira. Quiero que vengas a la gira conmigo.

Ya estaba. Lo había dicho.

Si las suposiciones de Cristóbal eran ciertas, le estaba dando a Sorel y a su calculadora familia lo que querían, pero también iba a recibir lo que más deseaba: Sorel con él cada noche sin geografía de por medio. Ganar, ganar.

Luego tendría tiempo para reunir los pedazos de él que ella dejara detrás.

No había remedio ni cura. Era ella la que lo volvía un romántico y, dada su tendencia al drama, mientras más estuviese expuesto, más cerca estaría de terminar convertido en el pedazo más triste de masculinidad que se arrastraba por el planeta.

Sorel levantó la vista de su pecho por primera vez desde que la conversación comenzó y había tantas emociones en esa mirada, la mayoría de ellas no buenas por cierto, que Andras comenzó a repasar cada una de sus palabras y la correspondiente entonación para ver dónde había metido la pata esa vez.

—Como artista invitada —aclaró presumiendo que la expresión herida de Sorel se debía a que había interpretado que la llevaría como su amante, no más que una simple *grupie* con la que entretenerse por las noches.

¡Santo Cristo crucificado! Unos pocos segundos

de conversación y ya estaba agotado. ¿Por qué tenía que ser tan difícil?

Por un momento deseó tener una línea directa conectada con el pensamiento de la mujer para no tener que deshacerse en tantas explicaciones y poder trasmitirle sus intenciones simple y directamente, sin que esa barrera que parecía alzarse entre hombres y mujeres cuando articulaban con palabras sus sentimientos tuviese tiempo de erigirse.

—No puedo dejar Nueva York.

Auch.

Aparentemente ella no tenía problemas en hacerse entender. Una frase corta y sucinta, un golpe certero.

—Cris dice que puedes terminar la escuela antes si te lo propones. Es decir, si lo que te preocupa es dejar Juilliard antes de graduarte.

Allí estaba él aferrándose a su último resquicio de esperanza que ella, prontamente, se había decidido a desbaratar.

—¿A estas alturas todavía crees que la escuela me importa tanto? —Con una mueca en la cara se desembarazó de sus brazos y saltó de la cama tomando la sudadera que había quedado descartada en algún lugar del piso y cubriendo con ella el cuerpo que él tanto deseaba—. ¿Podemos revisar ahora el Moleiro?

—No entiendo. —Exasperado, Andras también salió de la cama y, como en ese punto la desnudez parecía ser un asunto de importancia, tomó las sábanas para cubrir la parte inferior de su cuerpo. Aunque ya había desnudado algo más importante—. Sería una tremenda oportunidad para tu carrera, te daría a conocer, te convertiría en una estrella. ¿Sabes cuánta gente estaría dispuesta a lo que fuera por un chance así?

—¿Una gran oportunidad para mi carrera? Eres exasperante. —Sorel le arrojó con rabia los pantalones de correr que había sacado para ella y había tal violencia tanto en su acción como en su mirada que Andras dudó que el lanzamiento de ropa tuviese como intención primigenia hacer que se cubriera con algo más cómodo que la sábana—. Me acosté contigo y fue mi primera vez, te concedo que tal vez no sepas cómo manejar eso, pero te advierto de una vez que no intentes pagarme el favor. ¡No quiero nada de ti!

¡Santa patada en el trasero, Batman!

La declaración debería haberle proporcionado algún tipo de satisfacción. Era evidente que todo el plan maestro que Cristóbal había argumentado no reflejaba otra cosa más que los deseos de su amigo de encontrar en su camino algo interesante, algún misterio oculto que lo sacara del aburrimiento que la docencia algunas veces conllevaba.

El problema era que Andras necesitaba que Sorel quisiera algo de él.

Cualquier cosa estaría bien, siempre y cuando la

mantuviera a su lado, y era tan patético que iba a seguir dando explicaciones que más se parecían a una súplica.

—Sorel, no, no es así, no se trata de eso.

—Primero me abrumas con una solícita ternura que yo no te he pedido —siguió ella a la defensiva, haciendo caso omiso de sus palabras—, y ahora quieres presentarme al mundo. ¿No puedes actuar como un hombre normal? Vuélvete escurridizo, trátame como si nada hubiese pasado, mantén la distancia, evita mis llamadas...

—Tú no me llamas. —Andras encogió un solo hombro con gesto avergonzado.

—No tengo tu número. —Sorel avanzó hacia él y le colocó delicadamente la mano en la mejilla—. ¿Qué tal si empezamos por algo tan sencillo como eso antes de irnos a recorrer el mundo juntos y llenarnos de gloria?

—No puedes pedirme que camine dentro de una relación cuando sé que en un mes me habré ido. —No era que él ya no estuviese metido en medio de *esa* relación, unilateral o no.

—Hay relaciones y relaciones.

—Sorel, por favor. —Su tono llevaba implícita una advertencia: no le iba a permitir seguir evitando el tema. Lo que ellos eran y lo que podían ser tenía que resolverse en ese momento. ¿Le costaba mucho darle un poco de paz mental?

—Me conoces hace menos de una semana.

—No te estoy pidiendo que te cases conmigo, ni que vivamos juntos. —Y por alguna razón decir eso le molestó—. Te estoy pidiendo la oportunidad de conocerte mejor. Mi tiempo aquí no es suficiente. Ven conmigo de gira, en cuartos separados y sin ningún compromiso. No tiene nada que ver con pagarte ningún favor, por el contrario, soy yo quien lo estaría recibiendo.

—Cinco meses fuera es mucho tiempo. —Esa sola frase significó para Andras una pieza de la armadura que caía y rezó para que otra se le uniera prontamente—. No puedo ausentarme tanto tiempo. Hay cosas que debo atender aquí. Mi familia...

—Yo ya sé quién es tu familia—se apresuró a decir Andras y, aunque se daba cuenta de que no venía al caso, tal vez eso era lo que le estaba dificultando las cosas: decir ante él que provenía de gente poderosa en el mundo de la música, con esa historia de escándalos.

—Todo el planeta sabe quién es mi familia. Literalmente. Hasta en Japón lo saben. Mi tía ha hecho de eso su deporte favorito. —Sorel rio sin alegría—. Te tardaste mucho en enterarte. Lo que no sé es por qué te pareció relevante decirlo ahora.

¿Por qué rayos le costaba tanto trabajo dar en el clavo con esa mujer? No era que las féminas fueran materia fácilmente descifrable para su cerebro, pero mal que bien podía atinar en unas cuantas cosas. ¿Con Sorel? Parecía siempre una metida de pata tras otra y no se trataba de que ella hablara el dialecto de Venus y él, el de Marte. Ella estaba en una galaxia muy, muy lejana.

—Me refería a que... —pensar rápido, tenía que pensar rápido— como ellos están en el negocio, saben lo importante que sería esta gira y comprenderían la necesidad de que estés lejos por un tiempo.

—Hay algo que tienes que saber de mí. —Sorel se retiró solemne y se sentó en la cama, mirándolo seria y fijamente, tanto que Andras sintió que cualquier relación que pudiera tejerse entre ellos comenzaba allí, en ese momento, y dependería íntegramente de la revelación que, en vista de cómo se movían las cejas de Sorel sobre su cara, ella estaba luchando por poner en palabras—. Yo no hago planes.

—No haces planes. —Eso no era ni remotamente la revelación «altera-vidas» que Andras estaba esperando.

—Si no esperas nada, cada segundo que respiras es especial porque no tienes idea de cuál será la próxima mierda que la vida te va a tirar en la cara.

Aunque ella trataba de sonar ligera, la manera en que jugueteaba con la manga de la sudadera y en especial cómo succionaba el aro de su labio inferior le daban un aspecto aterradoramente frustrado, como lo están los niños pequeños la primera vez que se enfrentan a las incongruencias del mundo.

Andras quería ir hasta ella, abrazarla y ofrecerse

como escudo voluntario contra cualquier «bomba arruina-planes» que la vida le presentara de ese momento en adelante, pero sabía que ese tipo de gesto no sería bien recibido.

—Está bien, lo entiendo. No planes, no mierda en la cara. Nada que objetar, totalmente a favor.

Sorel rio y ¡bingo!, Andras sintió que por primera vez había dado en el clavo en una de sus reacciones ante ella.

—Aunque —comenzó ella con divertida cautela—, no podríamos decir que es un plan si, por ejemplo, tal vez el año que viene en algún mes impreciso me dieran ganas de ir a visitarte en la gira y tocar en un par de espectáculos así como de improviso, ¿verdad?

—Definitivamente, es la cosa más «antiplan» que haya escuchado, la definición pura de seguir un impulso. —Andras trataba de mantenerse serio, pero por dentro estaba gritando: ¡Sí!, con el puño levantado en alto—. Ahora mueve ese lindo trasero tuyo hasta el piano. Tenemos un Moleiro que revisar.

—¡Mandón! —se quejó ella poniéndose de pie, pero riéndose sin ningún disimulo.

—Pensé que te gustaba así, e irascible también. —La tomó por el brazo cuando pasó a su lado, desviando su trayecto y haciéndola chocar contra su pecho—. Y aún no has visto todo lo mandamás que puedo ser.

—¿En serio? —le preguntó ella, coqueta, pasándole las manos por el cuello.

—Ajá. —Andras la abrazó posesivamente por la cintura—. Del tipo «ponte en la cama boca abajo» o «de rodillas frente a mí».

Los ojos de Sorel se abrieron desmesuradamente y Andras la besó antes de echarse a reír. Era bueno que en algunas cosas, para variar, él tuviese la capacidad de sorprenderla.

Capítulo 14

—Por favor, Andras, estoy cansada. —La voz de Sorel, si bien era de protesta, no podía ocultar cierto deje juguetón—. Ya no más.

—Te advertí que esto requería práctica. —La de Andras, por el contrario, sonaba severa, exigente—. Vuelve aquí.

—Solo si prometes quedarte callado. No puedo soportar otra ronda de «más rápido, Sorel», «más fuerte», «justo así»... la habladera me desconcentra y, además, estoy adolorida.

—¿Se dan cuenta que esta conversación está tomando un rumbo verdaderamente incómodo? —Cash asomó la cabeza por la puerta de la terraza, adonde había salido a fumar un cigarrillo, mirándolos a ambos de forma totalmente maliciosa—. Unos cuantos gemidos y se parecería mucho a lo que se escucha cada noche a través de la puerta cerrada.

Las últimas semanas habían pasado sin que Andras se diera cuenta del tiempo. Seguía impartiendo las tutorías, Sorel no había vuelto a faltar a clase y esa relación que él tanto ansiaba había ido floreciendo poco a poco, como todas las cosas destinadas a durar.

No era solo el hecho de que durmieran juntos cada noche, ya fuera en su casa o en la de ella, y que cada una de esas experiencias tuviese su propio elemento distintivo que hacía que su mente las catalogara como eventos únicos y, de acuerdo con Cash, algunas veces un tanto ruidosos. También estaba el tiempo compartido.

Cuando Cash tenía alguna presentación en agenda, en Improvisación o en cualquier otro antro por el estilo, acudían a gritar y aplaudir entre la multitud. También iban al cine, cenaban en casa, tocaban el piano, veían la televisión y algunas veces paseaban por la calle tomados de la mano, levantando las más extrañas miradas de los que se cruzaban con ellos.

La chica punk de mirada hostil y el hombre correctamente vestido con sus ojos color caramelo y su barba de dos días perfectamente recortada, sin duda, hacían un dúo incongruente incluso para las rarezas que se veían en las calles de la Gran Manzana.

Pero más allá de las diferencias externas, lo importante era en lo que se habían convertido: una pareja, aunque aún no del todo pública, al menos no del lado de Andras. En la escuela mantenían la dinámica alumno-tutor.

—No es mi culpa que tengas la mente tan sucia y el oído tan agudo. —Andras no parecía en lo más mínimo avergonzado por el comentario. La presencia de Cash en su vida ya era tan normal como tocar escalas para calentar diariamente. Se encontraba con el hombre casi todas las mañanas, lo veía cada noche, se tomaba sus cervezas y hasta lo había convertido en su profesor particular de guitarra. Era el primer amigo que tenía a excepción de Cristóbal y las diferencias eran como el Cielo y la Tierra—. Ella decidió tocar el Moleiro en el recital en vez del tradicional Concierto Nº 1 de Tchaikovski, ese que hizo famoso a Van Cliburn en Rusia, que su maestro inteligentemente había seleccionado para ella.

—Y por eso me castigas. —Sorel regresó, se sentó de mala gana en su Yamaha y comenzó a estirar los brazos en una especie de exagerada calistenia.

—Lo que van a tocar los otros dura entre ocho y diecisiete minutos, el Moleiro solo tres y medio. Tienes que salir a impresionar, dejarlos maravillados en ese breve espacio de tiempo.

—Yo no quiero impresionar a nadie.

Andras puso los ojos en blanco.

—¿Ni siquiera a mí?

—¡Ustedes dos son realmente molestos! —gritó Cash desde fuera—. Podían dejar de ser tan encantadoramente empalagosos.

—Todo el mundo quiere impresionar, llamar la atención, destacarse. —Andras volvió a ponerse serio, haciendo uso de su mejor actitud de gran maestro, y aunque así se parecía mucho a su padre, hizo la vista gorda ante la comparación—. Solo aquellos que no tienen talento o son unos cobardes se escudan en la falsa modestia. Ambos sabemos que tienes talento, ¿me vas a decir que eres una cobarde?

La risa de Cash retumbó hasta los altos techos del ático, pero no era una risa del todo divertida. Tenía cierto deje de cinismo. Al pasar cerca de Andras en su regreso de la terraza le puso su pesada mano en el hombro.

—En esta familia el único cobarde soy yo y pretendo mantener ese título, cuésteme lo que me cueste. Así que, amigo, por favor, no vayas regalando por ahí algo que me ha costado mucho conseguir. Arruinarás mi reputación. —Se volvió hacia Sorel—. Ahora, ¿vas a impresionar a este idiota con el Moleiro o tendré que hacerlo yo? He estado trabajando en una versión muy interesante.

La declaración dejó a Andras un poco sorprendido, pero las sorpresivas intervenciones de Cash siempre lo hacían. El tipo tenía la facultad de pasar de un asunto completamente serio a un chiste en tan solo dos segundos. Mejor dicho, tenía la facultad de fundir ambos en una sola cosa, por lo que nunca sabías si estaba bromeando o a punto de golpearte.

Y en cuanto a lo musical, bueno, solo bastaba decir que si alguien podía versionar cualquier pieza para que sonara mejor en guitarra que en el instrumento para el que originalmente había sido escrita, ese era Cash.

—Vamos, Sorel —insistió Andras—, solo una vez más.

—Sin lugar a dudas. —Cash cruzó los brazos sobre el pecho y posó su cadera a un lado del piano—. Exactamente lo que escuché anoche.

—Estás CE-LO-SO —canturreó Sorel entre risas.

—Como si quisiera que un tirano húngaro me convirtiera en su esclavo.

—Tócala conmigo —le pidió Sorel sonriendo—. Tal vez así consiga verla desde otro ángulo que no necesariamente implique querer cortarme las venas para no tener que escucharla nunca más.

Mientras Cash seleccionaba una guitarra del arsenal colocado ordenadamente sobre los pedestales alrededor del piano e iba a conectarla al amplificador, Andras se recostó en su asiento esperando quedar maravillado.

La molestia que inicialmente le producía ver a esos dos haciendo música juntos o interactuando en asuntos más mundanos era cosa del pasado. Había aprendido a apreciar toda la ternura, sincronía y hasta contacto mental que rodeaba la relación de los dos primos en todos los ámbitos. Muchas veces, incluso, llegaba a pensar que de tener una hermana ese sería el tipo de relación que quisiera mantener con ella.

Por otra parte, le daba cierta sensación de tranquilidad que, en una ciudad como Nueva York, Sorel tuviese alguien que la cuidara con tanto celo y que, evidentemente, la comprendiera mucho mejor que él. A fin de cuentas, no iba a estar allí para siempre y, si no había vuelto a sacar a colación el viaje juntos era por temor a que ella se encerrara nuevamente dentro de su fortaleza emocional.

La versión de Cash de la pieza era tan inmaculadamente perfecta que, como cada vez que lo escuchaba tocar, ya fuera piano, violín o guitarra, Andras se preguntaba por qué había decidido dedicarse al rock, y lo que era más inquietante, por qué con las conexiones que tenía su familia aún no lo había firmado una disquera y continuaba tocando en bares de mala muerte.

Al terminar la ejecución, la sonrisa de Sorel casi no le cabía en la cara. Cash, por el contrario, dejó caer la cabeza, su larga melena actuando como una cortina que ocultaba cualquier cosa que pudiera estar sintiendo.

—¿Alguien quiere fajitas para la cena? —dijo al levantar el rostro al tiempo que se sacudía el pelo de la cara.

—Yo te ayudo —se ofreció Sorel en una muy mal disimulada treta para escaparse del piano.

Otra de las cosas que Andras había aprendido de ella era que su aversión por la cocina era casi tan grande como la que sentía por la comida.

En lo que se levantó, dejó al descubierto ese trozo de piel que no alcanzaba a ser tapado ni por el pantalón de yoga que colgaba delicadamente de sus caderas ni por la camiseta sin mangas que le llegaba justo más arriba del ombligo. Andras se preguntó si alguna vez volvería a ver un pedazo de su piel sin sentirse, en honor a la verdad, excitado.

Ella pareció captar su mirada y le sonrió socarronamente, dándole la espalda y trotando para alcanzar a Cash mientras movía el trasero de forma sugerente.

—¿Eso que tienes ahí es un moretón? —le preguntó Cash con un tono preocupado, rayando en la molestia, tanto que hizo que Sorel se detuviera y se mirase el cuerpo con interrogación, como si esperara que la marca hiciese alguna señal, levantara la mano o silbara, para llamar su atención.

—¿Dónde?

—Aquí. —Cash le levantó la camiseta en la parte posterior de la cintura. Luego, como si se acordara de su presencia, dirigió su mirada hacia Andras casi con hostilidad.

Andras no podía alcanzar a ver nada desde donde estaba, por lo que el cardenal no debía de ser muy grande. De todas formas, ¿qué significaba esa mirada de Cash? Era como si él la hubiese golpeado o algo así. Tal vez, la noche anterior la hubiese agarrado con demasiada fuerza, porque cuando la tenía entre sus brazos, algunas veces no podía controlarse y quería casi meterse bajo su piel, y ella era tan blanca...

—No es nada—contestó Sorel a Cash casi con

ternura, acariciándole la mano que aún mantenía en su camiseta hasta que logró que la soltara—. Nada.

—Déjame ver. —Andras se levantó de su silla y se acercó a la pareja.

No entendía por qué tanto drama en torno a un moretoncito, y eso que él era el Rey del Drama, pero no podía evitar sentirse responsable y sí, también un poco cavernícola. Necesitaba saber si de alguna forma la había «marcado».

—¡No es nada! —dijo Sorel, y esa vez no había ternura en sus palabras, no para él, solo rabia.

—No podemos pasar por esto otra vez, Sorel, tú lo sabes. —Cash se pasó las manos por la larga melena, apartándola de su cara con gesto nervioso—. Dejamos todo eso atrás, en Nashville. Tú prometiste que se había acabado, lo prometiste.

Sorel miró alternativamente a Cash y después a Andras varias veces, como si estuviera tratando de definir a quién debía darle una explicación primero. En ese momento parecía un pequeño ratón atrapado en una caja, agazapado y con los ojos alertas, evaluando las posibles rutas de escape.

—Y eso, damas y caballeros, no es más que otro episodio de Cash siendo Cash —Sorel dijo usando ese acento cantarín que solo empleaba en determinadas ocasiones, cuando inconsciente o conscientemente se refería a su vida en Nashville—. Te advertí que era sobreprotector, ¿verdad? Lo que no te dije es que rayaba en lo paranoico, todo un caso clínico.

Cash pareció sobreponerse y nuevamente la sonrisa que lo caracterizaba hizo acto de presencia, aunque esa vez a Andras no le pareció tan franca, precisamente porque no le llegó a los ojos.

—Una promesa es una promesa —dijo antes de abrir la nevera y comenzar a sacar los ingredientes.

Sorel lo siguió. Se sentó sobre sus piernas en una de las sillas altas que rodeaban la encimera de la cocina y le habló a Andras como si intentara involucrarlo en una situación en la que se había visto obligado a permanecer en la frontera.

—Cuando Cash cumplió quince años le hice un pastel de chocolate. Creo que es la única vez que he horneado algo.

—Fue el mejor pastel que me he comido en mi vida. De hecho, fue el mejor regalo que he recibido en toda mi vida.

Sorel puso los ojos en blanco.

—Ese mismo año tu papá te regalo tu primera Fender y no creo que una Stratocaster se compare con un pastel medio quemado.

—Mi papá mandó la Strat por Fedex y tú te tomaste horas en hacer ese pastel, creo que hasta te quemaste la mano, así que no hay comparación.

—Pero el regalo más importante de ese año —continuó Sorel como si Cash no hubiese intervenido—, fue un Chager de 1960 negro, una belleza, de parte de su mamá. Su primer coche.

Un gruñido escapó de la garganta de Cash.

—Otro regalo entregado a distancia. Sigue ganando el pastel de chocolate.

—Esa noche salimos de fiesta y, ¿quién lo diría? Otra primera vez: Cash se emborrachó —Sorel continuaba con su relato completamente relajada, como si de verdad se tratara de un acontecimiento feliz de su infancia y Andras no perdía detalle. No era usual que ella hablara de su vida y cualquier cosa que lo acercara más a ese misterio que, aun después de todo lo que había pasado, ella seguía representando, era bienvenida. No obstante, presentía que la historia no tendría un final feliz y como prueba estaba Cash: parado completamente rígido, tanto como la cuerda de un piano recién afinado—. Normalmente mi buen juicio me habría impedido subir a un coche con un conductor ebrio, pero tenía trece años, había estado en una fiesta con los chicos grandes y el conductor era Cash.

—Estrellé el coche contra la defensa de la autopista —se apresuró a decir Cash, como si esperar el final del relato de Sorel fuese demasiado doloroso—. Y ella terminó con la pierna fracturada en tres lugares y una contusión. Mientras los paramédicos la subían en la camilla tuve que enfrentarme a la mirada decepcionada de mi tía. La mamá de Sorel es ese tipo de mujer que te hace sopa de pollo cuando estás enfermo y te da un panecillo caliente cuando sales de casa en caso de que te dé hambre por el camino. El tipo de madre que todos quieren, el tipo de madre que yo

Una sonata para ti

quería. Ella confiaba en mí y yo la decepcioné, así que prometí que nunca iba a permitir que a Sorel le pasara nada malo, nunca más.

—La moraleja de esta historia —ahora Sorel no estaba concentrada en Andras, sino en Cash— es que, como bien sabes, no puedes protegerme todo el tiempo. Hay cosas que simplemente pasan, una puerta que se te atraviesa en el camino y ¡pam!, estrellas la nariz contra ella, o un tirano maestro húngaro que te hace repetir todo miles de veces hasta que te sale bien, dejándote adolorida en el proceso. Cada cicatriz que te deja la vida es maravillosa porque significa que has vivido.

Capítulo 15

Otra de las cosas que Andras había aprendido en las últimas semanas era que la habitación donde se había despertado la noche después de su borrachera era la de Sorel. Pero a diferencia de aquella vez, todas las otras veces que había abierto los ojos en ese cuarto, se sentía bien. De hecho, estaba seguro de que cuando llegara el momento de despertarse solo, sin ese cuerpo a su lado que, instintivamente, lo buscaba en sueños para enroscarse en torno a él como la hiedra, se sentiría como si le faltara un brazo o una pierna.

No quería despertarla. Había algo mágico en verla dormida. Parecía un hada de cuentos con sus largas pestañas negras que acariciaban el lugar donde sus ojeras estaban. ¿Por qué insistía en usar maquillaje? Esas solas pestañas eran el marco perfecto para sus ojos.

Una sonata para ti

Se inclinó para darle un leve beso en el tope de la cabeza y disfrutar del aroma que tenía cuando dormía. Una mezcla de champú y su perfume natural. Si pudieran embotellarlo la etiqueta debería tener escrita la palabra «vida».

La erección que comenzó a formarse debajo de las sábanas lo hizo sonreír. Definitivamente, «vida» era un nombre bastante adecuado. No importaba todo el uso que le diera a su cuerpo, siempre revivía cada vez que la tenía cerca. Aquella mujer lo tenía obsesionado.

Antes de Sorel, el sexo era una función básica, placentera, pero no necesaria. Algo de lo que podía abstenerse y a lo que echaba mano cuando el cuerpo se lo pedía o la situación se presentaba. Ahora era tan importante como respirar e implicaba mucho más que un intercambio de fluidos o un momento de éxtasis. Significaba comunión, una forma de expresión alternativa aunque igual de eficiente que la música.

—Buenos días —le dijo ella aún somnolienta.

Inmediatamente su pene dio un respingo de atención, reclamando sus propios buenos días.

—Buenos días —le respondió Andras apretándola más contra su piel.

Él solo quería acurrucarse un rato más y la parte inferior de su cuerpo tendría que captar el mensaje. En su cabeza sabía que ellos eran más que sexo, pero tenía que estar seguro de que Sorel también lo entendía.

Desgraciadamente, las intenciones de Sorel parecían no estar en sintonía con sus ideas románticas. Lo besó en la boca profundamente sin mucho preámbulo y comenzó a frotarse contra él.

—¿Nunca te cansas?

—Aparentemente, tú tampoco —le dijo ella tomándolo en su mano y masajeándolo.

—No... ¿no quieres hablar? —consiguió decir de forma entrecortada, aunque ya una de sus piernas había hablado por él, abriéndose un poco para dejarle a ella más espacio de maniobra—. ¿Que nos abracemos un rato?

—Esperé mucho tiempo para tener sexo —le dijo ella deslizando su otra mano hacia el poderoso saco que estaba debajo, comenzando una caricia que lo volvía loco—. Busqué a alguien especial y ese alguien especial se va a ir pronto. Cuando no estés aquí podremos hablar todo lo que quieras por teléfono.

—Ven conmigo —consiguió decir antes de que una sacudida involuntaria lo hiciera arquear la espalda. Si hubiese estado en pleno uso de sus facultades mentales, no se hubiese atrevido a pedírselo nuevamente, pero en las circunstancias actuales hablaba sin filtro.

—Siempre voy contigo —le dijo ella con una sonrisa que en esos momentos se le antojaba casi diabólica—. Aunque en este caso, voy a por ti.

Y lo tomó completamente en su boca. No hubo besitos en la punta ni jugueteo previo. Todo él fue tragado hasta que sintió que prácticamente le acariciaba la garganta. Así era ella, sin medias tintas o falsos escrúpulos. Lo que quería lo tomaba y él no podía estar más de acuerdo en esos momentos.

Por reflejo llevó las manos a su cabeza y comenzó a acariciarle los cabellos. El hecho de que lo llevara tan corto era perfecto en lo que a la vista se refería y la vista era tan estimulante como la sensación de su lengua, de su boca y de esa humedad que no era a la que estaba acostumbrado, pero que actuaba como un sustituto de lujo.

—Para, por favor, para. —Andras sintió que esa parte que Sorel aún mantenía entre sus manos se tensaba y no quería terminar en su boca. Por muy bueno que fuera, había otra parte en la que quería estar.

—¿No te gustó? —le preguntó ella en algo que se parecía más a un ronroneo mientras subía dándole besos por las caderas, el vientre y el ombligo.

—Te voy a enseñar todo lo que me ha gustado.

Casi con violencia la puso de espaldas sobre la cama, le abrió las piernas con sus rodillas y se zambulló en ella.

Hacía días Sorel le había revelado que tomaba un método anticonceptivo, por lo que eso de parar para cuidarse era cosa del pasado.

—Sí... hmm... definitivamente, así está mejor —le dijo mientras empezaba a moverse—. ¿No está mejor así?

Por toda respuesta Sorel arqueó su espalda contra él, urgiéndolo a que se enterrara más profundamente en ella. Pero Andras necesitaba más, necesitaba una respuesta a todo lo que pendía sobre sus cabezas, a su futuro.

—Contéstame, Sorel. ¿Vas a extrañar esto cuando yo no esté? —Y como para enfatizar a qué se refería con «esto», Andras empujó más fuerte, tanto que Sorel tuvo que asirse a sus antebrazos, que ahora estaban a ambos lados de su cabeza, para mantenerse en posición—. Dímelo.

—No —le dijo ella encontrando su mirada en medio de la neblina de la pasión—. No voy a extrañar esto. Voy a extrañarte a ti.

El ramalazo del clímax alcanzó a Andras antes de que tuviera tiempo de detenerlo, de esperarla utilizando alguna táctica dilatoria como pensar en un concierto aburrido o en el café que servían en los aviones. Menos mal que Sorel era una estudiante con muchos recursos y siempre conseguía ponerse al día. Tras un par de movimiento de caderas comenzó a contraerse contra él y la sensación fue como si un rayo lo estuviese partiendo por la mitad.

—Creo que ahora debo empezar a buscar si te he dejado un moretón —le dijo cuando pudo recuperar el aliento y solo después de llenarle la cara de besos—. Cash podría sufrir un ataque cardiaco.

—Él siempre encontrará algo de que preocuparse —le contestó ella con una risita.

—¿De verdad destrozó su primer carro el día que se lo dieron?

—Un clásico completamente reconstruido. Cuando tía Reva se enteró, lo único que hacía era preguntar si había sido pérdida total y exigir que llamaran al seguro. Jamás preguntó por Cash.

—Eso es triste. —Andras la abrazó, pues sentía que el ánimo de Sorel había cambiado drásticamente.

—Algunos padres utilizan a sus hijos como bienes, instrumentos de cambio, y en el caso de Cash, lo peor es que todo el mundo lo sabe.

Los recuerdos le hicieron una emboscada a Andras llevándolo a una época en la que no era más que un muchacho y otra niña, rubia y con los ojos azules, lo miraba como si él tuviese todas las respuestas del planeta. Siena.

—¿Y su papá? —Un frío le recorrió la columna vertebral como un dedo helado.

—Es un buen tipo. Lo quiere, a su manera. Pero Reva nunca lo dejó acercarse cuando Cash estaba creciendo. Desde el principio le aclaró que él solo sería un proveedor de sustento y ahora la relación entre ellos es cordial pero incómoda.

«Proveedor de sustento». El concepto bailaba ante sus ojos como un fantasma. Solo en ese momento se dio cuenta del valor que había tenido la intervención de su padre en aquel asunto. De no haberlo hecho, tarde o temprano ese hubiese sido su destino: un proveedor de sustento con una relación incómoda con su hijo, en caso de que este realmente hubiese existido.

—¿Dónde estás? —le preguntó Sorel.

—En París, hace casi quince años.

En vista de la mirada confusa de Sorel decidió que era mejor poner toda la verdad sobre la mesa.

—Estaba enamorado y ella quedó embarazada, al menos eso me dijo. Su familia presionó y yo estaba dispuesto a casarme, a hacer las cosas bien.

—¿Y?

—Llegó mi padre y les dijo que si esa locura seguía adelante nos encerraría a ambos en Budapest. No más piano, no más dinero, no más carrera. Lo más triste era que no me importaba, estaba dispuesto a todo, pero a ellos sí. —Una risa amarga escapó de la garganta de Andras—. Comenzaron a negociar al ver que sin mi padre no podrían tener nada de mí. A fin de cuentas, yo era menor de edad. Ella claudicó, ¿entiendes? Yo estaba dispuesto y ella no. No me quería. Había sido todo una treta.

—Andras, lo siento tanto...

—No, *yo* lo siento porque, ¿sabes?, Cris estaba allí y cuando tú apareciste en mi vida él estaba convencido de que la historia volvía a repetirse y yo le creí, por unos segundos, pero le creí. Lo consideré. ¡Maldita sea!

—Andras, mírame. —Sorel tomó la cara de Andras entre sus manos y lo miró con infinita ternura—. Si una serpiente te muerde no es tu culpa saltar asustado cada vez que veas un cordón en el piso. Es normal. Pregúntale a Cash. Pero si te queda alguna duda, recuerda que he visto sufrir a la persona que más quiero en el mundo por ese tipo de artimañas y jamás formaría parte de una.

—Lo sé —le dijo besándola con reverencia—. Tú eres honesta, pura y dulce.

—No todo el tiempo, recuerda que de alguna forma te seduje.

—Y espero que sigas haciéndolo, así como esta mañana.

—Puedo intentarlo. —Y dicho eso se sentó a horcajadas sobre él.

—¿Nunca has oído hablar del tiempo de recuperación? Los hombres lo necesitan. —Insinuantemente, Andras recorrió el vientre de Sorel con las manos, acercándose centímetro a centímetro hasta donde quería ir—. Aunque si quedaste mal atendida esta mañana por mi culpa, tal vez pueda redimirme con los dedos o con la boca.

—Pajaritos, ¿van a venir a desayunar? —la voz de Cash se escuchó al otro lado de la puerta—. Van a llegar tarde.

—Algún día voy a matarlo —protestó Sorel entre risas. Se inclinó sobre Andras, le dio un beso y salió de la cama.

—Podemos ducharnos juntos —le propuso él—. Así ahorraríamos tiempo.

—No voy a ir a clase hoy. —Sorel tomó del piso la camisa de Andras y se la puso. Era algo que acostumbraba hacer cada mañana y él adoraba verla con su ropa.

—¿Por qué?

—Tengo que atender unos asuntos.

—¿Qué asuntos? —preguntó con más urgencia de la que pretendía mientras su mente seguía acumulando otras preguntas como ¿con quién? y ¿dónde?

Andras sabía que estaba siendo el tipo de sujeto que Sorel odiaba. De hecho, era el vivo retrato del hombre del cual huiría cualquier mujer con un poco de personalidad, pero no podía resistir la urgencia. Era una especie de instinto de supervivencia.

La sola idea de que volvieran al punto donde habían comenzado, que retrocedieran en el camino recorrido, se le antojaba insoportable.

—Cosas de las que debo encargarme ahora si pretendo salir de viaje contigo.

Capítulo 16

Cuando Sorel dijo que no iría a clase, Andras jamás consideró la posibilidad de que eso incluyera también *su* clase.

En el momento en que fue más que evidente que Sorel no llegaría, se negó a dejarse arrastrar por el mal humor. Ella se estaba encargando de unas «cosas» que le permitirían viajar con él y solo por eso le perdonaba la ausencia.

Se fue a su casa y aprovechó el tiempo para trabajar en su sonata. El borrador había avanzado mucho con la ayuda de Cash y Sorel, y ya los dos primeros movimientos estaban listos. Solo le faltaba un tercero y tenía que ser un gran final, pero mientras más se presionaba, menos salía algo que fuese digno de los movimientos anteriores.

Tenía la esperanza de estrenarla en el recital, debido a la cantidad de publicidad que su presentación en Nueva York generaría. Sin embargo, no lo había hecho público. De acuerdo con el programa tocaría el Concierto Nº 1 de Tchaikovski, que inicialmente había seleccionado para Sorel. Si la sonata estaba lista, sería una sorpresa.

Miró la partitura y con su caligrafía cursiva escribió en la parte superior *Una Sonata para ti*. Esperaría a que estuviera completa para encuadernar aquel borrador escrito de su puño y letra y regalárselo. Beethoven podría tener su *Para Elisa*, pero él tenía la sonata para Sorel.

Se entretuvo pensando que, tal vez, en cien años los investigadores inventaran teorías sobre para quién había escrito su primera sonata Andras Nagy. Aunque, al contrario de lo sucedido con Beethoven, su caso debería ser más sencillo, pues esperaba tener con Sorel una larga y pública relación.

Alargó la mano para chequear por enésima vez su teléfono celular. Nada. Ni un mensaje ni una llamada perdida.

Había resistido la tentación de llamarla durante todo el día después del numerito que le había montado en la mañana. Aquel sujeto que preguntaba ¿adónde vas? ¿qué vas a hacer? y ¿con quién? no se parecía a él.

Tal vez fuera que, simplemente, nunca había necesitado ser así, nunca había querido conservar a alguien.

Era hora de darse por vencido. La llamaría, pero

la única pregunta que le soltaría tendría que ver con sus preferencias para la cena.

El teléfono de Sorel estaba apagado.

Solo por hacer tiempo se dio una ducha y preparó un bolso con ropa para el día siguiente, en caso de que decidieran pasar la noche en casa de Cash.

Volvió a llamar y nada.

Eso no era nada bueno para su tranquilidad espiritual.

Mejor se iba y la esperaba donde Cash. Lo más lógico parecía indicar que ella iría primero allí cuando terminara lo que fuera que estaba haciendo y que la había mantenido incomunicada durante todo el día como un futbolista en plena concentración antes de un Mundial.

El rostro de Cash lo recibió con la misma sonrisa franca de siempre, esa que le llegaba a los ojos.

—¿Y Sorel? —le preguntó este mirando cada esquina del viejo ascensor, como si esperase que estuviese escondida en algún rincón o a punto de saltar del techo para darle una sorpresa.

Esa era justo la pregunta que Andras necesitaba para perder la cordura totalmente. Aunque era tentador ser dramático, recordó que, si él estaba a punto de poner en práctica su mejor numerito de novio seriamente preocupado, el hombre que tenía al frente era capaz de entrar en una explosión nuclear. Un jodido Hiroshima en Nueva York. Así que se forzó a respirar y a razonar consigo mismo: Sorel no estaba perdida, simplemente estaba arreglando algunas cosas que no eran de su incumbencia ni de la de Cash.

Sí. Ese era el camino. Pensamiento lógico. Entonces, ¿por qué demonios se sentía como si el ático no fuese más grande que el baño de un avión?

—Dijo que tenía que hacer una diligencia. —Andras caminó hacia el interior con soltura, como lo habría hecho cualquier otro día. Si en algún momento se cansaba del piano, Hollywood seguramente lo recibiría con los brazos abiertos.

—¿Qué diligencia?

—Yo no la abrumo, Cash. —En ese punto, Andras estuvo a punto de reírse de su propio cinismo—. Ese es tu trabajo.

—Sabihondo.

Con una mueca, Cash retomó lo que estaba haciendo que, para variar, tenía que ver con sus guitarras.

—¿En qué andas? —Andras agradecería enormemente cualquier distracción que Cash pudiese prestarle.

—Componiendo, tú sabes, para actualizar mi demo. Lo hago cada cierto tiempo, algunas cosas nunca parecen suficientemente buenas.

—La búsqueda de la perfección solo dejará decepción, pequeño saltamontes.

Andras tomó una de las partituras y la examinó sin entender ni siquiera la mitad de lo que estaba escrito en ellas. La forma de componer de Cash iba más allá de lo meramente académico.

—Pasas demasiado tiempo con Sorel. —Cash soltó una pequeña risita—. Dentro de poco hablarás como un gran filósofo, soltando grandes frases aquí y allá sobre el sentido de la vida y la búsqueda del chi o la alineación de los chacras o cualquier mierda por el estilo.

Esa vez Andras rio con ganas.

—Pero siempre da en el blanco, ¿no?

—¡Oh, por Dios! —Cash parecía estar tomando un viaje a «divertilandia» a costa suya—. Te agarró mal, ¿no es verdad? No es que no lo apruebe ni nada de eso. Eres un tipo legal.

—¿Legal?

—Quiero decir juicioso y buena gente, que hace las cosas como deben ser.

El ruido del ascensor le recordó a Andras que había una razón por la que había ido a esa casa y esa razón debía estar regresando con una respuesta sobre el futuro inmediato de ambos.

No obstante, la cara de Sorel cuando apareció en el umbral no era de las que vaticinan buenas noticias. Estaba desencajada, más que preocupada, asustada. Como era de esperar, eso llamó la atención de Cash incluso más que la de Andras.

—¿Dónde estabas? —El primo fue el primero en preguntar y había cierta suspicacia en su voz que iba más allá de la mera curiosidad o buenos modales.

Sorel miró a Andras y ni siquiera lo saludó. Obviamente, su presencia allí no solo la había sorprendido, sino que la incomodaba. Volteó para mirar a Cash de esa forma que parecía hablar sin palabras.

—Fui a ver a Ralfi.

Andras no tenía idea de quién era Ralfi, pero el nombre entró como una corriente de doscientos veinte voltios en Cash, haciéndolo enderezarse bruscamente.

—¿Por qué? —La pregunta salió de los labios de Cash como una amenaza, arrastrando cada una de las sílabas con deliberada lentitud.

—Ha vuelto.

—Mierda, mierda, mierda —era lo único que Cash atinaba a decir mientras se pasaba las manos por el cabello y daba pasos hacia todas partes sin decidir el rumbo a seguir—. Nos vamos a Nashville mañana; esta misma noche si hay un vuelo disponible.

—No me voy a ir a Nashville a esconderme debajo de la cama en la casa de mis padres. —Sorel no estaba calmada como siempre, parecía al borde de la desesperación y su voz, que ya alcanzaba calidad de chillido, lo evidenciaba claramente. No obstante, tomó a Cash de las manos y, a pesar de la diferencia de tamaños, pareció aferrarlo a la realidad, tal y como las anclas hacen con los barcos grandes—. Mírame. Vamos a lidiar con esto nosotros por ahora, hasta que sepamos más, hasta que estemos seguros.

—No es justo.

La risa de Sorel fue amarga.

—¿Qué parte?

—¿Me pueden decir qué está pasando? —Andras por fin se había atrevido a hablar aprovechando una pausa en la discusión de los primos y, aunque esa pregunta no resumía ni la cuarta parte de lo que pasaba por su cabeza, era tan buena para empezar como cualquier otra.

Ella lo miró con reticencia. Andras había esperado que, como cada vez que se enfrascaba en una discusión con Cash, se olvidara momentáneamente de él. Para lo que no estaba preparado era para esa mirada que denotaba que estaba muy al tanto de su presencia, pero que simplemente no quería reconocerla.

Había en sus ojos rabia, cansancio y una profunda tristeza que hizo que el corazón se le encogiera unos cuantos centímetros en el pecho.

—Será mejor que te vayas.

—¿Qué? Estás de broma, ¿verdad? Dime qué pasa.

Empezó a caminar hacia ella. Estaba seguro de que, si la tocaba, podría confortarla un poco, recordarle que confiaban el uno en el otro, pero no llegó lejos. Sorel brincó hacia atrás, estiró la mano en rechazo y eso dolió más que cualquier paliza.

—Vete o Cash te saca.

—¡Maldición, Sorel! No puedes hacerme esto, de verdad que no puedes. Tú... simplemente no... —Andras agitó las manos frustrado. El idioma no le al-

canzaba. Tenía ganas de romper algo o lanzar un puñetazo y, si se fracturaba un dedo, ¡a la mierda!—.
No lo hagas.

Por un momento creyó verla titubear, su rendición era evidente en la forma en que cerró los ojos y una lágrima rodó por su mejilla. Pero Sorel no era de las que flaquean y a esas alturas Andras ya lo sabía, por lo que no le sorprendió que el momento de duda durara tan poco.

—Estoy cansada, Andras —le dijo abriendo los ojos—. Y tengo mucho que procesar ahora. Te lo pido por favor, vete. Yo te llamo mañana o tú me llamas y hablamos. Respuestas, preguntas, lo que quieras, pero mañana.

No le dio tiempo a contestar. Obviamente, la opción que le estaba ofreciendo no estaba abierta a negociaciones. Sorel simplemente pasó a su lado, a una distancia calculada para que él no pudiera alcanzarla aunque lo intentara, y se encerró en su cuarto.

El ruido que hizo la llave al girar en la cerradura sonó tan fuerte que el eco lo persiguió en sueños durante días.

Capítulo 17

Andras pasó los siguientes dos días borracho.

No había sido un acto del todo deliberado al principio, no era de los que normalmente ahogaban las penas en alcohol, pero ¿qué se supone que hace uno cuando espera una llamada que nunca llega en un apartamento que realmente no le pertenece?

Nada de lo que había en su casa de Nueva York era suyo. Ni siquiera el piano que tanto amaba le pertenecía, era solo una copia del modelo que tenía en casa y que exigía en cada concierto. No había allí nada capaz de distraer su mente en caso de que esta pudiera ser distraída, nada que le brindara la comodidad que el sentido de pertenencia por lo general lleva consigo.

Incluso la música, que siempre había sido su vía de escape en cualquier circunstancia, le recordaba mucho a Sorel y, en consecuencia, al hecho que ella ya no estaba.

Por lo tanto, echó mano a algo que era universal en cualquier parte del mundo: el alcohol. Además, tenía una doble función, era familiar y envolvía sus pensamientos y sentimientos en una especie de bruma que disipaba la ansiedad y el miedo.

Eso funcionó el primer día.

Al segundo, al ver que la llamada no llegaba ni la suya era respondida fue a buscar, mejor dicho, a exigir, la respuesta que se le debía. Utilizó la llave del ascensor que en épocas más felices le habían concedido y se plantó en el apartamento de Sorel, literalmente, porque allí no había nadie frente a quien plantarse.

La casa estaba como siempre: el piano, las guitarras y la enorme televisión, pero eso era todo. Con miedo revisó el cuarto de Sorel. Su ropa estaba allí al igual que el resto de sus cosas, la cama estaba hecha y su champú en el baño.

Decidió tomar aquello como buenas noticias —en ese momento de su vida necesitaba alguna— y acampó allí. Tarde o temprano alguien tenía que aparecer, Sorel, Cash, el conserje o la policía, alguien.

Para pasar el tiempo comenzó con las Heineken de Cash y luego sacó el armamento pesado, la santísima trinidad: Jack, Johnny y José hasta que la inconsciencia etílica se hizo cargo de sus preocupaciones.

Una sonata para ti

Al siguiente día se despertó y seguía sin aparecer nadie por allí, sin contar la resaca monumental que lo acompañaba. Tomó café, se bañó, se puso la ropa que había llevado la última vez que había estado allí —sí, la misma vez que lo habían echado— y siguió esperando.

Nada.

Poco a poco, la indignación fue cediendo al mismo tiempo que la rabia, dando paso primero a la preocupación y más adelante al miedo. Sorel se había ido, lo había dejado sin ningún tipo de explicación y eso dolía, tanto que hubiese preferido aquel viejo cliché de «soy yo, no eres tú».

Más allá de eso, lo que verdaderamente le aterraba era que aquel abandono no tenía nada que ver con su relación en sí misma, se debía a algo que atemorizaba tanto a Sorel como a Cash y él necesitaba descubrir qué era, al menos para conseguir un poco de paz mental.

Cerca de las nueve de la noche, sintiéndose casi como Sherlock Holmes, se dirigió al primer lugar que se le ocurrió que podría darle alguna respuesta: Improvisación.

El bar estaba tan atestado como siempre y el río de gente de aspecto extraño, entre la cual nunca se había sentido completamente cómodo, lo rodeó. Por una vez no le llamaron la atención ni los atuendos ni los adornos corporales, tampoco le incomodó el humo dulzón que salía de aquello que algunas personas fumaban o el olor a cerveza derramada durante incontables noches de juerga.

Iba buscando a alguien y, aunque no creía que fuese tan suertudo de tropezarse allí con Cash o Sorel, sí escrutó los alrededores. Un poco de esperanza no iba a matarlo.

Llegó hasta la barra y la mirada de Lara se lo dijo todo: ella sabía y a él lo habían dejado a un lado como una ensalada en un bufé de carnes.

—Lara. —Con breve asentimiento saludó a la mujer, que en aquella ocasión vestía una especie de corsé de un material que se asemejaba al plástico, pero brillaba.

—Hola, lindura —le respondió ella tratando de aligerar su tono de voz, pero en ese momento hasta su sonrisa era de lástima—. ¿Qué tomas hoy?

—¿Dónde está? —No había ni empezado y ya Andras estaba cansado de la rutina de 007. Aquello de ser espía no era lo suyo.

—No lo sé a ciencia cierta.

Algo en los ojos de la mujer le dijo que era verdad y eso lo frustraba. Se pasó las manos repetidas veces por la cara para ilustrar lo que sentía.

—¿Puedes decirme al menos qué es lo que pasa?

—No es mi historia, ni mi secreto. No soy yo quien debo revelarlo.

—Por favor...

Lara cerró los ojos y suspiró antes de hablar.

—Dime una cosa, Andras. ¿Necesitas saberlo por-

Una sonata para ti

que tu orgullo está malherido o porque realmente te preocupas por ella?

—¿Qué clase de pregunta es esa? Se fue y no me dio ninguna explicación. Quiero saber qué está pasando y también si ella está bien.

—Eso no lo sé, aún. —Andras intentó hacer un gesto exasperado, pero Lara lo detuvo—. Pero lo sabré. Hace dos días que no sé de Cash, al tercero tiene que contactarme, es una obligación que no se puede saltar. Ven a verme pasado mañana, a esas alturas ya tendré alguna información.

—Pero no me dirás qué pasa...

—Créeme, no quieres saberlo. —Él intentó nuevamente protestar, pero Lara lo tomó por el antebrazo y lo miró a los ojos—. Es como la píldora roja y la píldora azul de Matrix, la gente toma una para saciar su curiosidad y se despierta en un universo terrible, maldiciéndose totalmente por su elección de colores.

—¿Y ahora me vas a decir que te llamas Morfeo? Ella desapareció y estaba asustada cuando lo hizo. Necesito saber qué pasa. Tal vez hay algo que pueda hacer...

—No puedes, confía en mí. Ese tipo de porquería por la que esos dos están pasando te cambia la vida, así que antes de seguir repitiendo eso de «quiero saber» pregúntate hasta dónde llega tu afecto. Uno pasajero no soportaría lo que está pasando y una vez que te metas dentro vas a querer huir, lo he visto miles de veces, y eso le hará más daño a Sorel del que pueda estar sintiendo ahora por no hablar contigo.

—No entiendo nada. —Andras se masajeó la cabeza. Tal vez fuera la resaca y la cantidad de las tres jotas que había tomado en las últimas veinticuatro horas, pero lo que Lara le decía no tenía ningún sentido, era lo mismo que escuchar la voz de la maestra del perrito mudo. ¿Snoopy se llamaba?

—Sorel está haciendo esto por tu bien, si no le importaras...

—¿Por mi bien? ¿POR MI BIEN? ¡Me estoy volviendo loco!

—Te aseguro que Sorel y Cash la están pasando peor. —Lara parecía ahora realmente molesta—. Ellos tienen un problema real sobre sus cabezas, algo que temer. Tú... tú solamente tienes curiosidad.

—Tú no me conoces...

—Por eso te estoy dando el beneficio de la duda. Si te importa de verdad, ven pasado mañana. Si eres tan noble como te pintas, te bastará saber que ella está bien, viva y coleando.

—¿Noble? —Andras no podía dar crédito a lo que escuchaba—. Contentarse solo con saber que ella «está bien» no es nobleza, es indiferencia.

Más irritado que cuando llegó, Andrés abandonó el bar. No quería tener una reacción noble, no era un héroe, era un ser humano y, para colmo, Sorel activaba en él todo instinto protector que los machos de cualquier especie parecen tener.

Una sonata para ti

El deseo de cuidar, proteger y aminorar cualquier incomodidad que acechara su vida estaba allí simplemente porque estaba ¿enamorado?

—A buena hora te das cuenta, estúpido —se dijo a sí mismo mientras intentaba conseguir un taxi—. Precisamente cuando no tienes la posibilidad de decírselo.

Sin embargo, esa certeza le dio un nuevo impulso. Lara no era el único recurso que tenía a su disposición. Hasta ese punto había enfocado su búsqueda de la misma forma en que había enfocado la relación con Sorel: era real solo del lado de ella.

Ahora había llegado el momento de utilizar sus propias armas. Si los Anglin eran unos «campesinos con suerte» en su esquina del mundo, bien podían los presumidos esnobs que lo rodeaban echarle una mano.

Con ese convencimiento abordó el taxi y le dio una dirección que lo llevó justamente al lado opuesto de la ciudad.

—Sorel ha desaparecido —fue lo primero que le dijo a un Cristóbal que le abría la puerta de su casa aún con el rastro del sueño interrumpido claramente reflejado en sus ojos.

Su amigo lo dejó entrar haciendo un gesto con la cabeza, pero no dijo nada. Tampoco su expresión daba ninguna evidencia de que entendiera lo que estaba pasando.

—Supongo que te refieres a la señorita Anglin. —

Hizo un gesto con la cabeza hacia el sofá indicándole que se sentara—. Te advertí que ese era su comportamiento usual. Lo que no logro entender es por qué te sientes obligado a venir a informarme a la una de la madrugada.

—No estoy hablando de que haya faltado a clases o que vaya a perderse el recital. Estoy hablando de que no ha ido a su casa, no contesta al teléfono y sus amigos no quieren decirme dónde está. Han pasado casi tres días, Cris, y...

—Te acostaste con ella.

Con un suspiro de derrota, Cristóbal se dejó caer en el sillón.

—No se trata de eso.

—¿No te acostaste con ella? —Ahora la expresión de Cris era burlona.

—¿Eso es lo que quieres saber? Pues sí, me acosté con ella. Llevo semanas durmiendo con ella, despertando con ella, comiendo con ella, viviendo con ella. —Andras quería rematar diciendo que estaba enamorado de ella, pero eso no sería justo. Si se lo decía a alguien tenía que ser a Sorel—. Y ahora se fue sin ninguna explicación. Estaba asustada, Cris, huyendo. Algo malo está pasando. Tienes que ayudarme a encontrarla.

—¡Vaya si te gusta el drama! Apuesto a que en estos momentos te ves a ti mismo como un héroe que acude a rescatarla en su blanco corcel. —Cristóbal soltó una risotada—. No sabía que fueras pianista de día y vengador anónimo por las noches. ¿Cuáles son tus armas contra el mal? ¿Claves de Sol? ¿Dobles corcheas? ¿Usas capa? En eso, Liberace te tomó la delantera.

—¿Por qué no puedes tomar esto en serio? —gritó Andras—. Algo peligroso le está pasando, algo que regresó de su pasado y la asusta, y tiene que ver con alguien llamado Ralfi.

—¿Ralfi? —Cristóbal bufó para luego replicar con verdadero tono de fastidio—: ¿En qué te metiste esta vez, Andras?

—Es lo que estoy tratando de averiguar. Tú conoces gente, personas que podrían tener algún tipo de relación con los Anglin.

—¿No has pensado que simplemente se fue porque es su naturaleza? Sé que es extraño para ti, pero tal vez no eres el centro de su universo, tal vez para ella no eres tan importante.

—Tú no estabas allí. —Ahora había súplica en la mirada de Andras—. Su primo y ella hablaron de ir a esconderse a Nashville porque ese Ralfi había aparecido.

La expresión de Cristóbal cambió. Algo de alarma pareció asomarse a sus ojos mientras se acariciaba la barbilla.

—Supongamos que hay algo que va más allá de tu fértil imaginación. ¿Estás seguro de que quieres involucrarte en algo que es capaz de asustar a un miembro del clan Anglin y tiene que ver con un hombre que se llama como un maleante? —Como si sintiera que Andras iba a replicar en cualquier momento, Cristóbal continuó—: Si la chica está metida en alguna especie de problema grave que la impulsó a abandonar de golpe la idílica relación que mantenía con su maestro de música y todas las posibilidades que para ella podía representar, no debe tratarse del tipo de problemas que tú o yo estamos acostumbrados a manejar. Por el contrario, es el tipo de problemas en el que no debemos involucrarnos por el bien de nuestro prontuario policial o de nuestros delicados huesos. ¡Somos artistas! Las peleas de bar con pandilleros no están dentro de nuestras habilidades.

—No vas a asustarme —protestó Andras como un muchachito pequeño, cruzando los brazos sobre el pecho.

—Ella tiene una familia, ¿sabes? Una poderosa familia, con un entorno que pone ojos morados y usa botas.

—Tú te encargaste de informármelo.

—No vas a dejarlo ir, ¿verdad? —Cristóbal se revolvió exasperado—. Eres un dramático de mierda.

—¿Significa que vas a ayudarme?

—¿Cuándo no lo he hecho? —Cristóbal suspiró resignado—. Voy a hacer algunas llamadas, pero no me pidas que juegue al policía o golpee a alguien. Mis manos son mi instrumento de trabajo.

—¿Puedes empezar con esas llamadas ahora? —Andras echó una mirada significativa al teléfono que reposaba, ajeno a todo aquello, en la pequeña mesa del café.

—No creo que nadie se sienta inclinado a compartir información sensible si lo saco de la cama a una hora tan inapropiada. —Andras amenazó con protestar, pero Cristóbal le lanzó una de sus miradas—. Usa el cuarto de huéspedes, duerme y mañana las cosas estarán más claras.

Capítulo 18

Cristóbal cumplió su promesa. En lo que Andras se levantó a la mañana siguiente, el parte de noticias frescas lo estaba esperando: los Anglin habían abandonado Nashville, el jefe de la familia no aceptaba llamadas de negocios y había rumores sobre la suspensión de la gira de Reva. Hasta Colton McIntire había sido visto en Nueva York.

Eso, por una parte, tranquilizó a Andras. Primero porque probaba que tenía razón y segundo porque era obvio que los padres de Sorel ya habían tomado cartas en cualquier asunto que estuviese ocurriendo. No obstante, la confirmación de sus sospechas aumentó la urgencia por conocer exactamente de qué se trataba todo aquello.

La segunda parte de la información que le proporcionó Cristóbal era que los Anglin estaban hospedados en su propiedad en el East Hampton que, según le hizo saber, era una comunidad cercana a Nueva York donde los ricos y famosos tenían sus casas de veraneo.

Y eso no era todo. Su antiguo mentor había conseguido la dirección. Definitivamente, si la segunda opción profesional de Andras era Hollywood, la de Cris parecía ser la de investigador.

El paisaje que se extendió ante Andras durante las dos horas y media de trayecto en el tren y el otro tanto en el taxi no logró distraerlo. Su mente trabajaba en los miles de escenarios plausibles que podría encontrar cuando llegara a su destino, pero fuera lo que fuera, Andras sabía que no dejaría que lo despidieran con las manos vacías.

La solución ideal era encontrar allí a Sorel, y eso era lo que su corazón esperaba, pero preparándose para lo peor estaba dispuesto a aceptar cualquier cosa siempre y cuando lo acercara a la verdad.

No se iría de allí sin una respuesta, aunque eso significara que llamaran a la policía para sacarlo de la propiedad.

Por mucho que Cristóbal le hubiese advertido sobre el tipo de arquitectura que encontraría a su paso, la casa de los Anglin era algo ante lo que Andras no podía quedar indiferente. Múltiples niveles se superponían unos a otros en un diseño que en vez de caótico resultaba agradable con sus muchas ventanas y terrazas. Sus colores claros eran una invitación para pasar un día en el mar.

Subiendo los escalones principales, llamó a la puerta y se preparó para abrirse paso ante un ama de llaves testaruda, lanzar sus mejores encantos contra la señora de la casa o tentar con su fama al patriarca.

Lo que nunca esperó fue que Cash le abriera la puerta.

—Tienes más contactos de los que esperaba —le dijo con un bufido y, por enésima vez, Andras no sabía si estaba bromeando o molesto, pero al ver que se echaba a un lado y lo dejaba pasar decidió que no era algo de lo que preocuparse en esos momentos.

El interior de la casa, o al menos lo que pudo ver mientras Cash lo conducía por un pasillo hasta un salón, estaba decorado con gusto, pero tenía ese dejo de soledad que tienen esas casas en las que realmente nadie vive.

El único elemento personal era una guitarra acústica sobre un blanco sofá al lado de la cual Cash fue a sentarse antes de hacerle un ademán a Andras para que hiciera lo mismo.

—Ella no está aquí —le dijo sin mirarlo, acariciando las cuerdas de la guitarra.

—¿Dónde está? —preguntó Andras bajito, como si temiera asustar a la única persona que, hasta el momento, no lo estaba evadiendo.

—En Nueva York.

—¿Está escondida? Porque a su casa no ha ido...

Una risa amarga brotó de la garganta de Cash.

—Pensé que eras más perceptivo. —Y siguió acariciando las cuerdas, sacando de ellas una melodía triste—. Sorel no se esconde, ella se enfrenta, y eso es lo que está haciendo ahora. Yo, por el contrario, sí estoy aquí, ocultándome.

—¡Ya estoy cansado de todo esto! —Andras se paró con violencia—. Estoy harto de todas estas medias verdades e insinuaciones. ¿Por qué no puedes decirme de frente qué es lo que está pasando y dejarme decidir qué hacer con esa información? Y no te voy a permitir que me digas que lo que pasa no es mi problema, porque sí lo es; ni tampoco que es más de lo que puedo soportar porque tú no tienes ni idea de lo que puedo soportar o no. ¡Sorel desapareció de mi vida! Y siento como si me faltara el aire, como si el sol se hubiese puesto y nunca más se hubiese levantado en el horizonte. No tengo idea de qué día ni qué hora es, porque solo cuento el tiempo desde el instante en que ella dejó de estar conmigo.

—¿Estás seguro que no quieres escribir letras de canciones? Creo que tienes talento para lo cursi. —Cash se puso de pie y, sacando una liga del bolsillo de sus pantalones, se recogió la larga melena en una coleta—. Vamos. Es hora de volver a la ciudad.

—No me voy sin una respuesta.

—¿Cuál era la pregunta? —Cash rio por lo bajo antes de que Andras pudiera contestar—. Vamos a la ciudad a ver a Sorel. Probablemente se enfurezca y, si te pide que te vayas, no me obligues a sacarte. Me caes bien, sé que eres bueno para ella. Esperemos que la muy cabeza dura se dé cuenta.

Andras se sorprendió de lo fácil que estaba resultando todo, así que siguió a Cash por los pasillos de la casa manteniendo la boca cerrada para no arruinar lo que había conseguido.

Llegaron hasta lo que parecía un garaje. Cash tomó unas llaves colgadas cerca de una pared, apretó un botón del control remoto y las luces de un Mustang gris oscuro parpadearon.

—¿Otro regalo de cumpleaños?

—Uno de conciliación. —Cash se subió en el coche y Andras lo siguió—. Cuando Sorel y yo decidimos venir a Nueva York, a sus padres les dio un colapso nervioso y nos cortaron toda ayuda financiera. Tuve que sacar el arsenal pesado y hacer algo que nunca habría hecho: llamar a mi papá para pedirle ayuda. ¿Sabes quién es mi papá?

—Sé quién es tu mamá.

—Entonces la deducción no es tan difícil. —Cash puso la primera y arrancó por las calles acomodadas de los Hamptons—: Colton McIntire.

—El guitarrista. —Andras estaba agradecido por una vez de las lecciones de Cristóbal sobre el pasado y las relaciones de los Anglin.

—Ajá. Él se mostró de lo más dispuesto a ayudarnos y, si de paso servía para hacer rabiar a los

Una sonata para ti

Anglin, pues mejor. Me compró el ático y llamó a Juilliard, creo que prometió dar unos conciertos benéficos para el nuevo auditorio, así consiguió que readmitieran a Sorel. Incluso se ofreció a pagar su colegiatura. En ese punto mis tíos no pudieron seguir dándole la espalda a la situación y se unieron a la fiesta. Mi mamá me regaló el Mustang para no quedarse corta frente a lo que había hecho Colton y yo acepté el regalo porque en caso de que cambiaran de opinión tendría algo que vender para mantenernos.

Por un momento Andras pensó en la relación que mantenía con su propio progenitor y por una vez en la vida se sintió apreciado. El viejo Zsolt nunca había dejado de tener interés en su vida, tal vez demasiado interés o un interés que solo bordeaba el asunto profesional, pero a todas luces eso era mejor que «ningún interés».

—¿Por qué nunca les has pedido a tus padres ayuda con tu carrera? Eres un gran músico, a estas alturas deberías haber despegado ya.

—¿Aparte del hecho de que soy un adulto? —Cash se encogió de hombros sin quitar la vista de la carretera—. Reva vive quejándose, diciendo que el legado musical Anglin está perdido con Sorel tocando clásico y yo tocando rock, así que ese padre no es una opción. En cuanto a Colton, él es solo una víctima, mi madre lo cargó con un hijo que no quería, y yo no quiero añadirle más obligaciones. Además, lograrlo por mí mismo sería bueno para mi autoestima.

—¿Tú tienes problemas de autoestima? —Andras sonrió. Un músico de un metro ochenta, con un rostro masculino y una encantadora personalidad no parecía un candidato adecuado para ese tipo de problemas.

—Tengo veinticuatro años, no tengo carrera, vivo del fideicomiso de mi prima porque el mío lo gasté, mi apartamento y todo lo que hay en él me lo compró un padre que casi no conozco y una madre que no me quiere se la pasa regalándome deportivos caros. ¿Tú qué crees?

En ese punto, Andras sentía que casi había vuelto a la normalidad. Estaba sosteniendo una conversación con Cash, iban camino de ver a Sorel. Tal vez, como todos decían que era su costumbre, había creado una tormenta en un vaso de agua. Con una mezcla de vergüenza y diversión pensó en Cristóbal y en su descripción del vengador nocturno.

—Creo que no es malo pedir ayuda cuando la necesitas.

—Primero hablas como Sorel y ahora como Lara. —Cash lo miró perplejo—. ¿Es que no tienes personalidad propia?

—¿Quién es Lara a fin de cuentas? —preguntó Andras curioso. La conversación que había sostenido con esa mujer era la que había puesto todas esas ideas extrañas en su cabeza—. Es rara. Me dijo que tenías que reportarte con ella en tres días. ¿Qué significa eso? ¿Se te acabará el suero que te mantiene vivo o algo así?

—Es mi consejera. —Cash lo miró de reojo—. En Narcóticos Anónimos.

Eso sí que Andras no lo había visto venir. Cash comía manzanas y brócoli, levantaba pesas y trotaba ocho kilómetros cada día. Era cierto que fumaba y bebía, pero nunca en exceso o con esa especie de compulsión que él asociaba con los adictos.

—Cuando cumplí dieciocho años decidí que sería una gran estrella de rock y me fui a Los Angeles. —Cash manejaba con la vista fija en la carretera—. ¿Sabes qué les pasa a los muchachitos imbéciles que llegan a L.A. con un gran apellido, en mi caso dos, y suficiente dinero? Se meten en problemas. Una mañana una llamada telefónica me despertó, no sabía dónde estaba ni con cuántas de las personas que tenía a mi alrededor, hombres y mujeres, me había acostado. Sorel estaba al otro lado de la línea y tenía problemas. Vendí una guitarra, porque a esas alturas ya no tenía dinero, y volví a casa. Llevo limpio desde entonces porque ella me necesitaba limpio. Sorel salvó mi vida.

Cash se dio unos golpecitos en el tatuaje del brazo.

—Ella dice que tú salvaste la suya. —Por una extraña razón, Andras sintió que el miedo que creía haber desechado minutos antes volvía a ganar terreno en su estómago.

—Lo intenté, pero aparentemente no fue suficiente. —Cash suspiró y luego asestó un puñetazo en el volante con rabia—. Sorel tiene cáncer, Andras, leucemia. Se lo diagnosticaron cuando tenía diecisiete años. Yo fui el donante para el trasplante de médula ósea que la sacó de esa mierda. Hace más de tres años que está en remisión, pero todo parece indicar que ha vuelto.

Capítulo 19

El olor de los hospitales era algo a lo que Andras no estaba acostumbrado. La asepsia que barría todo rasgo de personalidad, conjuntamente con el estado de desconexión que afectaba su cerebro desde que había descubierto la verdad que tanto buscó, lo hacían sentir como un fantasma que deambulaba por esos pasillos y que combinaba perfectamente con las voces acalladas y las pisadas sin ruido que lo envolvían.

Cash lo condujo por ascensores y corredores hasta que se paró frente a una puerta. Ninguno de los dos parecía estar dispuesto a ser el primero, ni en hablar ni en accionar el picaporte.

Un doctor enfundado en la correspondiente bata blanca les evitó el trance de tener que decidir cuando salió de la habitación. Afectuosamente saludó a Cash con un abrazo y Andras pudo leer el rótulo bordado en la parte derecha de su pecho: *Rafael García, Oncólogo.*

—Ralfi, este es Andras Nagy, el novio de Sorel —dijo Cash señalando a Andras.

«Ralfi», pensó Andras con amargura y estuvo a punto de echarse a reír al recordar todas las tonterías que había tejido alrededor de ese nombre, que iban desde un exnovio a un traficante de sustancias ilegales. Finalmente, su educación ganó la partida y estrechó la mano del médico.

—Soy un gran admirador. —El doctor, que tendría aproximadamente cincuenta años y el cabello entrecano, lo miraba directamente a los ojos con esa expresión plana que los de su profesión, seguramente, aprenden en un curso secreto especial cuando pasan por la facultad—. Sorel insiste en poner sus discos cada vez que le hacemos un procedimiento.

—¿Cómo está ella?

—Bien, despierta. Solo estamos haciendo algunas pruebas—. Hizo un ademán a la puerta por la que había salido y que había cerrado nuevamente—. Está sola ahora, sus padres fueron a comer algo. Pueden pasar a verla si quieren.

Cash se echó para atrás; el pánico en sus ojos era evidente aunque intentaba disimularlo mirando a cualquier cosa inanimada que estuviera a su alrededor.

Andras inspiró profundamente para darse valor y entró.

Una sonata para ti

Sorel estaba sentada en la cama con las piernas cruzadas bajo ella y vestida con una de esas batas azules de hospital. Una vía colgaba en su brazo derecho y un manojo de cables le salía por el pecho. A excepción de la falta de maquillaje y de la ausencia del aro de plata en el labio, parecía la misma de siempre: etérea y hermosa, como el suspiro de un hada.

Andras se había preparado para una recepción fría, para que volviera a echarlo o para que se enojara con él. Lo que nunca esperó fue que ella lo recibiera con una sonrisa de disculpa.

—Cash es todo un sentimental —le dijo haciendo una mueca—. Iba a llamarte, ¿sabes? Cuando tuviese algo concreto que decirte, pero estas pruebas están tomando más de lo que esperaba.

Avanzó hacia la cama sin poder decir nada. Todos los «debiste haberlo dicho» o «no me importa que estés enferma» e incluso el «estoy enamorado de ti» que había preparado durante el trayecto parecían carecer de importancia ahora.

Cuando llegó al borde del lecho se dio cuenta que frente a Sorel había un pedazo rectangular de cartón del ancho de la cama y en él estaban pintadas las teclas de un piano.

—¿Qué te contó? —La expresión de Sorel era afable, incluso sonreía ligeramente, aunque sin alcanzar esas proporciones que podían sacar del negocio a la compañía de electricidad.

—Que te diagnosticaron leucemia a los diecisiete

años. —Muy a su pesar, la voz de Andras sonó excesivamente ronca, como si estuviera saliendo bajo protesta. Mantuvo la mirada en el pedazo de cartón sobre la cama—. Que tuviste un trasplante de médula ósea, que estás en remisión hace tres años...

«Y que la enfermedad puede haber vuelto», Andras completó mentalmente, pero esas eran unas palabras que no diría en voz alta.

Buscando algo familiar a lo que aferrarse tocó las teclas del ficticio piano y aun sabiendo que no podían emitir ningún sonido deseó que así fuera, porque esa era la única manera que tenía de demostrarle lo que sentía.

—Antes del trasplante —le dijo Sorel acariciando también las teclas pintadas aparentemente con bolígrafo—, recibí mucha quimioterapia y estaba demasiado cansada para tocar el piano. De hecho, estaba demasiado cansada para salir de la cama. No podía comer porque todo me sabía a metal, aún ahora ese sabor me persigue. Esto era lo único que tenía para poder practicar. Imaginaba los sonidos en mi cabeza. Supongo que de allí viene la «digitación perfecta» que tanto alabas.

Andras entrelazó sus dedos con los de ella para luego llevar la mano hasta su boca y besarla delicadamente, pero ella no lo miró.

—Luego, cuando volví a casa, tenía todas estas agujas y cables conectados a mi mano derecha todo el tiempo. Yo tenía un Steinway como el tuyo, pero era tan duro que no conseguía presionar las teclas. Cash lo vendió y consiguió el Yamaha, que es mucho más suave, y lo único que podía tocar era el Scriabin porque la izquierda era la mano que no estaba conectada a nada.

—Échate para allá —le dijo Andras. Tenía que interrumpirla. No era lo que decía, era la forma en que lo decía. Nunca había visto a Sorel tan desolada, con la voz casi quebrada, y no podía soportarlo—. Tengo que aprender esta nueva técnica para mejorar mi digitación. Toquemos algo juntos.

—Andras...

—¿No me va a hacer un espacio en su cama, señorita Anglin? —le preguntó con picardía, aunque en ese momento sintiera que el alma se le rompía en millones de pequeños pedazos—. Es muy egoísta de su parte teniendo en cuenta todas las veces que la he dejado usar la mía.

Sorel se echó a un lado casi que de mala gana. Andras trepó en la estrecha cama y, tras lanzarle una breve mirada, comenzó a trabajar sobre el teclado.

Cualquier persona que hubiese entrado en esos momentos habría encontrado un espectáculo muy extraño: un hombre y una mujer sentados en la cama de un hospital con una lámina de cartón enfrente que se asemejaba a un piano. Él tocaba seriamente y ella lo miraba como si de verdad pudiese escucharlo.

—Liebestraum... —dijo Sorel adivinando los sonidos.

Andras sonrió complacido. Hasta ese entonces no había encontrado a nadie con la misma cualidad que él poseía, esa que le permitía ver a alguien tocar y aún sin escucharlo, saber exactamente cuál era la melodía solamente por las teclas que presionaba.

—Es lo que eres para mí, al menos hasta que tu sonata esté lista —le dijo cuando terminó—. Es tu turno ahora, y nada de Chopin, señorita. Tal vez podríamos volver sobre el Moleiro, el recital se acerca y...

Pero ella no tocó nada. Tomó su cara con las dos manos y lo besó con fuerza atrayéndolo hacia sí sin importarle mucho si los cables y los tubos que la mantenían atrapada se tensaban casi al punto de reventarse.

—Gracias —le dijo cuando sus bocas se separaron y aún el calor de sus alientos se mezclaba—. Mil gracias por todo, tú eres una persona maravillosa, pero ahora tienes que irte.

—Sí, entiendo. —Andras, aún un poco mareado por el beso, hizo lo mejor que pudo para incorporarse y salir de la cama—. Debes estar cansada. Volveré mañana y cada día que sea necesario hasta que estén listos los resultados de los exámenes y luego, bueno, ya veremos. Puedo suspender la gira.

—No puedes volver. —La voz de Sorel sonaba ligeramente alarmada—. Pensé que lo habías entendido. Yo no puedo, no quiero, volver a verte.

—No puedes estar hablando en serio, no ahora. —Andras trató de mantener su tono ligero—. No me importa, Sorel, de verdad. Esto es solo un bache en el camino...

—Puede ser, pero es mi bache en el camino, no el tuyo. Tú no formas parte de mi vida, no de manera permanente, eres alguien que estuvo en un momento determinado para un propósito determinado. Tienes tu propia vida que vivir allá afuera.

—Una vida que quiero vivir contigo, y no me importa si tengo que amarrarme a esta cama, no vas a volver a echarme.

—No puedes obligarme a que te quiera, Andras.

—Yo sé que me quieres—le respondió encogiéndose de hombros—, tal vez no tanto como yo te quiero a ti, pero por primera vez en mi vida no me importa.

—¡Pero a mí sí!—gritó Sorel agitando las manos—. Nunca pretendí hacerte daño ni ser cruel contigo. Yo siempre te he idolatrado como músico y, bueno, tú venías a la ciudad y yo nunca había estado con nadie. Me enfermé muy joven, ¿sabes? Luego vino la recuperación y después me mudé con Cash, eso nunca fue bueno para mi vida sentimental. Yo deseaba saber cómo era, el sexo, y siempre quise que fuera con alguien a quien yo considerara especial, pero nunca esperé que se convirtiera en una relación a largo plazo. Esa fue una de las razones por las que te elegí: siempre supe que te irías.

—Estás mintiendo. —Andras negó con la cabeza como para reafirmar sus palabras—. Sé lo que estás haciendo, Sorel. Estás intentando alejarme de todo esto, pero tú me quieres.

—Claro que te tengo cariño. —Sorel sonrió como se le sonríe a un niño cuando se le explica que no existe Papá Noel—. Siempre serás alguien muy importante para mí, pero no te estoy mintiendo, nunca lo he hecho. Todo el tiempo que estuvimos juntos fui sincera contigo, aun cuando eso significara que pudieras asustarte y salir corriendo. Tal vez no me escuchaste correctamente.

—Tú dijiste que viajarías conmigo, que irías a la gira.

—Claro que iba a ir, pero por poco tiempo, mis chequeos médicos son cada tres meses. Ir a una gira de ese tipo era una oportunidad importante para adquirir experiencia y tú dijiste que podíamos tener habitaciones separadas, que no había compromisos. —Ahora eran los ojos de Sorel los que se habían llenado de pena—. Yo lo siento mucho, Andras, nunca pensé que hubieras malinterpretado las cosas. Lo que tuvimos fue una travesura. Si hubiese sido algo serio, obviamente que te habría hablado de esto mucho antes. El que no lo hiciera es solo una prueba de que nunca quise que durara.

Por un segundo Andras sintió que los pulmones se le vaciaban, que todo el aire a su alrededor había sido succionado por una aspiradora gigante. Estaba confundido, mareado y desorientado, un resultado claro de la hipoxia ficticia que lo estaba aquejando.

Una sonata para ti

Necesitaba salir de allí, solo si podía inhalar una bocanada de aire, su facultad de formar pensamientos coherentes volvería.

Sin decir nada le dio la espalda a Sorel y se encaminó hacia la puerta y en lo que la abrió un montón de recuerdos regresaron a él fluyendo casi que a borbotones.

—A fin de cuentas, creo que sí aprendí algo —le dijo al tiempo que volteaba a mirarla. Estaba ahora en la misma posición que había estado ella tantas veces lanzándole sus frases crípticas desde un umbral. Pero él no quería ser críptico, tenía mucha rabia dentro para andarse con sutilezas—. Y es que eres una hipócrita. Toda esa filosofía sobre la vida que lanzas a diestro y siniestro no es más que un parapeto, un escudo, como la ropa y el maquillaje. Tú no vives, Sorel, tú finges que lo haces. Te quejas de que la gente te trata con cuidado cuando eres tú la más cuidadosa con lo que sientes, seleccionando con pinzas qué es «seguro» para ti o no. Cash está equivocado contigo, tú sí eres una cobarde y no porque tengas miedo, sino porque no lo admites.

Capítulo 20

La rabia era algo bueno. Solo ese sentimiento, que por un tiempo fue el único que dominó la vida de Andras, lo mantuvo a flote. No hubo depresión, tristeza o dolor, solo cólera, y eso enmascaraba todo lo demás.

A fuerza de rabia finalizó las tutorías, con ese combustible organizó el recital y gracias a ella terminó la sonata.

El último movimiento de la pieza era desgarrador, al menos eso dijo Cristóbal, quien fue el primero que la escuchó cuando estuvo lista.

Su amigo sabía a qué se debía el derroche de escalas escritas para ser tocadas violentamente, pero no hizo ningún comentario al respecto, más allá del juicio crítico meramente académico que de él se esperaba.

La pieza fue colocada, tal y como Andras lo había

Una sonata para ti

previsto, de última en el recital, pero sin ser anunciada. Sus dos estudiantes —Sorel había retirado el semestre— abrieron el espectáculo, luego Andras arrancó aplausos con el Concierto de Tchaikovski y finalmente, cuando llegó el momento del bis, regresó al piano y sorprendió a todos.

Por primera vez en muchos años no se trató de una interpretación estudiada y preparada. No hubo especulaciones frente al espejo sobre qué expresión iría mejor con este o aquel acorde. Simplemente, dejó fluir lo que sentía.

Se permitió recordar a Sorel de la forma en que sus ojos la vieron cuando la conoció, su sonrisa, sus frases y hasta su ropa; también lo que había sentido la primera vez que estuvieron juntos y todas las otras veces, tratando de que el público entendiera lo que para él había significado esa mujer, y finalmente la decepción y la cólera que su rechazo había llevado consigo.

La avalancha de aplausos lo sorprendió. Casi se sintió de vuelta en Improvisación cuando Cash tocaba: la misma ovación desenfrenada tan poco común en espectáculos «civilizados» como un concierto de música clásica.

La prensa se deshizo en elogios: «Un caudal de sentimientos», «Nos sentimos atrapados en un torbellino emocional», eran algunos de los calificativos de las reseñas cuyos titulares eran invariablemente: *Andras Nagy lo volvió a hacer* o *Nace un brillante compositor*.

En otro momento de su vida, ese éxito probablemente hubiese significado todo. Sin embargo, dos semanas después, sentado en su apartamento en Budapest frente a un montón de invitaciones y propuestas, se sentía como un pedazo de alfombra de un restaurante de mala muerte en una zona apartada: sucio y desgastado.

La rabia que lo había hecho abandonar Nueva York con la fuerza y rapidez de un tornado se había retirado, dejando la devastación que esos fenómenos naturales por lo general ocasionan. Ahora que la catarsis, lograda a punto de aplastar teclas con violencia, gritar a sus estudiantes e inundarse de trabajo, había llegado a su fin, no estaba seguro de si aún tenía la capacidad de sentir otra cosa que no fuera desprecio por sí mismo.

Frente a él estaba escrita a mano la partitura original de la sonata. La llevaba a todas partes, aun cuando no la necesitara. Al mercado, al teatro, incluso dentro de su casa la movía de un lado a otro para que siempre estuviera cerca de él.

La había convertido en una especie de mantita de seguridad.

Pasó los dedos delicadamente sobre la encuadernación de cuero negro y luego por el título grabado al frente hecho en letras doradas: *Una sonata para ti*.

No podía negar que en algún momento de su indignación inicial había pensado en llamarla algo así como Sonata Nº 1, pero no valía la pena mentirse a sí mismo. Para bien o para mal —tal vez una mezcla de ambas—, la sonata era para ella, para Sorel, la mujer que él amaba y que en las últimas semanas se había empeñado en odiar, apartando el hecho que de vez en cuando le rondaba la mente como una mosca fastidiosa, de que ella estaba enferma.

Sorel lo había echado, Sorel era una cobarde, Sorel nunca estuvo dispuesta a compartir ningún resquicio de su vida con él. Sorel era como Siena. El primer amor de su vida pretendió utilizarlo como una escalera social y, el segundo, como un maestro sexual. ¡Vaya si sabía elegirlas!

No obstante, no podía dejar de lado el hecho de que Sorel tenía leucemia, Sorel podía morir, tal vez pronto, quizás estuviera ocurriendo en esos momentos mientras él se refugiaba en el otro lado del mundo, poniendo un océano entre ellos.

Era ese el pensamiento que ahora lo atormentaba. No importaba el daño que ella le hubiera infligido, le dolía sí, pero más lo hacía no saber si estaba bien. Un mundo en el que Sorel no existiese, incluso ajena a él, era un mundo donde el aire que pudiera respirar siempre le sabría enrarecido.

Finalmente entendió las palabras de Lara. En ese momento, saber que ella estaba bien hubiese sido suficiente.

La nobleza le llegaba un poco tarde.

El ruido de la cerradura de la puerta principal al

abrirse sobresaltó a Andras, pero al tiempo que su vista recorría la superficie de su escritorio para ver si había algo que sirviese como arma, la figura de su padre atravesando el umbral sustituyó la alarma por perplejidad.

—Andras —le dijo formal al tiempo que cerraba la puerta tras sí.

—¿Qué haces aquí? —Se levantó de la silla. La perplejidad persistía, pero ahora mezclada con un poco de aprehensión—. ¿Te pasa algo?

—Esa es la pregunta que vine a hacerte.

El viejo Zsolt se paró frente a él, sin quitarse ni el abrigo ni el sombrero, con las manos cruzadas atrás de la espalda.

—Esta es mi casa, padre, y esa llave es para emergencias. —Adiós perplejidad y aprehensión. Ahora Andras comenzaba a estar molesto—. No puedes presentarte aquí cada vez que...

—Por primera vez en veintinueve años mi hijo decide pasar las Navidades sin su padre, a pesar de que estamos en la misma ciudad, se encierra en su casa y no contesta llamadas telefónicas. Eso para mí es una emergencia.

—¡Soy un adulto, no tengo por qué estar reportándome contigo!

—Tengo muy claro que eres un adulto, aunque tu necesidad de reafirmarlo pone en entredicho tu madurez, pero eso no significa que dejes de ser mi hijo ni que yo deje de preocuparme por ti.

—Por Dios. —Andras puso los ojos en blanco—. ¿A qué viene toda esta actuación de padre amoroso? Nosotros no funcionamos así, no tenemos ese tipo de relación. Tú eres el maestro y, yo, el estudiante. Yo toco, tú corriges. Si hay algo que amenace mi carrera, tú actúas. Mi vida fuera del escenario no es de tu interés, nunca lo ha sido.

—Yo te amo porque eres mi hijo. —Zsolt lucía confundido—. Lo que haces no tiene nada que ver, me importaría igual si fueras un desnudista.

—Sí, claro.

Andras hizo una mueca, tratando de imaginar a su padre en un bar, evaluando con precisión sus fallas en la manera de quitarse unos pantalones sostenidos con adhesivo mientras movía el trasero enfundado en una tanga.

—Entonces, explícame por qué nunca he recibido un elogio de tu parte por mi trabajo. Desde que era niño siempre ha habido una crítica, una recomendación, un «está bien, pero...». Muchas veces pensé que yo era solo un placebo, una extensión para que pudieras ser el gran pianista que nunca fuiste.

—Ah.

Zsolt no parecía herido, ni siquiera levemente ofendido.

Se quitó el abrigo y el sombrero y caminó pausadamente hasta el perchero que estaba cerca de la puerta para colgarlos. Luego regresó hasta el salón y se sentó con parsimonia en una de las mullidas sillas.

Cruzó las piernas y se quedó mirando a Andras con los mismos ojos color caramelo que ambos compartían hasta que logró ponerlo nervioso.

—Dime una cosa: ¿odias lo que haces? —añadió.

—¡Claro que no! —la respuesta salió en forma de defensa, pues luego de la bomba que había lanzado esperaba algún tipo de represalia.

—¿Serías más feliz siendo un pianista menos bueno? ¿Tocando anónimamente en una orquesta? ¿Siendo el fondo musical en un piano bar? ¿Tal vez un arquitecto? ¿Un médico?

—Sabes que no. Amo ser el pianista que soy, es lo único que he querido hacer toda mi vida.

—Entonces, no entiendo. —Zsolt hizo una mueca con la boca que se correspondía perfectamente por el gesto confundido de sus manos—. Yo te hice posible conseguir tus metas, no te permití fallar, te preparé, porque así lo querías, para un mundo extremadamente competitivo donde solo unos pocos alcanzan el éxito y creo que lo hice bien. Eres el mejor pianista de tu generación y, aparentemente según he leído en los periódicos, un compositor competente. Pero más allá de todo eso eres el hijo que amo, simplemente porque eres un buen hombre.

—¿Y no pudiste hacerlo de una forma más... cariñosa?

Andras tenía un nudo enorme en la garganta. De todas las veces que mentalmente había tenido esa conversación con su padre, nunca había resultado de esa manera.

—No lo creo. Soy un hombre práctico, tu romanticismo lo heredaste de tu madre. —Zsolt sonrió—. Mira, Andras, el mayor miedo de todo maestro es conseguir un estudiante talentoso sin ganas de trabajar o uno con ganas de trabajar pero sin talento, y el mayor error de un padre es hacer creer a sus hijos que cualquier cosa que hagan es suficiente pensando que así los protegerán del mundo.

»Me considero un hombre muy afortunado, tuve un estudiante talentoso y dispuesto, y un hijo que tiene claro que para alcanzar las metas hay que trabajar duro, sin excusas, sin esperar que nadie le facilite las cosas. Lo único que lamento es que hayas pensado en algún momento que no te quería o que no estoy orgulloso de ti. Por cierto, la sonata es hermosa.

Andras lo miró perplejo.

—Cristóbal me hizo llegar una copia de la grabación, en vista de que tú no tuviste la delicadeza de mandarme una —le explicó Zsolt volviendo a su tono habitual.

—¿Hermosa? —Andras no salía de su asombro—. ¿No hay peros?

—Bueno, es un poco simple. —Su padre le sonrió con malicia—. Tienes oído absoluto, pensé que tu primera composición involucraría más instrumentos.

—Aquí vamos otra vez —dijo dejándose caer resignado sobre el sofá.

—Pero —Zsolt levantó el dedo en señal de advertencia—, es un extraordinario comienzo. Ella debe de ser una mujer excepcional.

Miles de imágenes de Sorel en distintos momentos de su relación, incluso aquella en la cama del hospital cuando le decía «no puedes obligarme a que te quiera», lo asaltaron con saña.

—No hay ella —le aclaró enfurruñado.

—Bueno, él entonces. —Y lo miró con ojos curiosos—. Nunca se me habría pasado por la cabeza, pero no lo critico.

—No, papá, no es eso.

Andras suspiró. No estaba seguro de querer sostener ese tipo de conversación con su padre, pero necesitaba mantenerla con alguien y él estaba allí.

—Ella... ella está enferma, ¿está bien?, muy enferma —siguió diciendo— y, aunque eso me está matando, no puedo hacer nada porque no me quiere a su lado, me echó.

—¿Y tú te fuiste?

—¿Qué querías que hiciera? Yo pensé que teníamos algo especial, sé que teníamos algo especial, pero se dio por vencida, como Siena.

—¿Siena? —Zsolt soltó un bufido—. Creo que es hora que dejes ir eso, ha pasado mucho tiempo.

—Pero es igual...

—Probablemente sea igual, el problema eres tú,

que en esta ocasión sí estás en capacidad de hacerlo funcionar y no lo haces.

—¿Qué?

—Siena y tú se enamoraron y perdiste toda perspectiva. Luego vino el... problema con su familia y ella, que era mucho más juiciosa, decidió hacerse a un lado, por tu bien y el de tu futuro. En eso ambos casos son iguales, no se puede negar que te atrae cierto tipo de mujer con una tendencia obsesiva a preservar tu bienestar. No es que me queje. Ellas hacen mi trabajo mucho más fácil.

Andras deseaba protestar aferrándose a esa tesis según la cual Siena lo había utilizado y nunca lo había querido.

El problema era que nunca la había creído. Su familia era una cosa y, la chica, otra. Estaba convencido de que Siena lo amó al igual que estaba convencido de que Sorel tenía sentimientos por él que iban más allá del sexo.

—El problema es que aquella vez —continuó su padre—, aun cuando eras prácticamente un niño, tuvimos que sacarte de París a rastras, querías casi secuestrar a la chica e irte a vivir en un campo de gitanos, a pesar de que Siena te repetía que era mejor dejar las cosas así por el bien de los dos. Por más molesta que fuese tu actitud, tuve que reconocer que ese era el hijo que había criado, el que no se amilana, el que insiste y no se da por vencido ante lo que quiere. ¿Cuándo cambiaste tanto?

—Ella dejó muy claro que no me quería allí. —Andras se revolvió en la silla incómodo. Aquello era como sostener una discusión con su propia conciencia.

—¿Recuerdas cuando tu madre murió? ¿Cómo estaba yo?

—Estabas desconsolado. —Andras no entendía a qué venía aquello. La muerte de su madre era de esos recuerdos tristes que la mente suprime por medidas de seguridad—. Pasabas todo el tiempo encerrado en tu biblioteca.

—¿Y tú que hacías cada día? —Zsolt le sonrió con ternura a pesar de lo triste de la situación que estaban rememorando.

—Te llevaba una pieza diferente para que la revisáramos juntos, pero nunca querías.

—Y cada día la tocabas solo y regresabas al siguiente con otra. —La sonrisa de ternura desapareció y fue sustituida por una de burla—. Hasta que no pude resistir tus obvias equivocaciones y tuve que salir a ayudarte.

—Las tocaba mal a propósito. —Andras se encogió de hombros como lo hacía el niño de ocho años que le hablaba a su padre a través de una puerta cerrada—. Pensé que así reaccionarías.

—La cuestión, Andras, es que no podemos juzgar la fuerza de los demás teniendo como referencia la nuestra, eso sería injusto. Tú no mediste mi entereza por la tuya, de haberlo hecho me habrías despreciado por débil, por el contrario me ofreciste tu valentía y, a pesar de que la rechazaba, no te diste por vencido, esperaste a que yo estuviese listo para recibirla. Hiciste lo mismo con Siena.

—Pero no resultó.

—Algunas veces funciona, otras no; pero eso no es razón para dejar de ser quienes somos. Eso siempre vale la pena.

Capítulo 21

«Una sola conversación», pensaba Andras maravillado al darse cuenta de que solo eso había bastado para aclarar las cosas con su padre, su pasado con Siena y también sus sentimientos por Sorel.

También para darse cuenta de que en el fondo nunca había dudado del afecto que su padre le profesaba y esa había sido la razón por la que mantuvo una relación con él aún de adulto. Tampoco había dudado del cariño de Siena y por eso nunca perdió la fe en el amor.

Ahora no podía dejar de intentar salvar las cosas con Sorel.

Ya había desperdiciado demasiado tiempo en otros aspectos de su vida, cargando con traumas que realmente no existían por esa maldita tendencia al drama que, por cierto, estaba decidido a mantener a raya.

Una sonata para ti

La primera cosa que hizo en la mañana fue llamarla, pero su teléfono estaba apagado, al igual que el de Cash, quien había sido su segundo intento.

El ramalazo frío del pánico le recorrió el cuerpo, pero no se permitió desesperarse con la cantidad de situaciones que su mente comenzó a elaborar. Para contrarrestarlas, llamó a una aerolínea y reservó un boleto de vuelta a Nueva York.

«Todo va a ir bien», se repetía cuando entró en el teatro.

Acostumbraba a dar un recital de fin de año en Budapest y ese día lo habían llamado para que fuera a probar los pianos que ponían a su disposición a fin de que seleccionara uno.

«Ella va a estar bien».

Los oscuros pasillos le dieron la bienvenida teniendo en él ese efecto calmante que los teatros antiguos le proporcionaban cuando no estaban llenos de gente.

Había algo mágico en estar tras los bastidores en un teatro vacío. Los pisos de madera que crujían levemente bajo sus pies, los estrechos corredores y el olor a tradición mezclado con aire acondicionado eran una combinación mucho mejor que cualquier ansiolítico del mercado.

Solo que ahora estaba esa música.

Alguien estaba tocando el primer movimiento de su sonata con una cadencia y virtuosismo que en vez de perturbar su sagrado santuario parecían darle un nuevo propósito.

Sin proponérselo aceleró el paso. Se conocía de memoria cada curva, cada giro, y no había nadie que se atravesara en el camino que lo condujo hasta uno de los laterales del escenario.

Era curioso cómo cambiaban las perspectivas según el sitio y el momento. Durante las presentaciones, el público veía el escenario de frente y había decenas de focos encendidos colocados de forma estratégica.

Todo parecía brillar dándole una cualidad mágica a lo que sucedía sobre la escena.

Desde donde estaba parado ahora, Andras solo tenía una perspectiva lateral del escenario y únicamente estaban funcionando unos cuantos bombillos amarillos.

Por ello solo veía en medio de la penumbra tres pianos y la espalda de una mujer que estaba sentada frente a uno de los instrumentos.

Sin embargo, no le hacían falta luces ni tampoco un mejor ángulo. La curva de ese cuello estaba grabada en su memoria al igual que lo estaba en sus sentidos la música que lograba sacar de cualquier piano que tocara.

Las rodillas se le aflojaron y tuvo unas ganas inmensas de ponerse a llorar de alivio, de perplejidad, de felicidad. Pero no se dejó llevar, era un hombre nuevo, en cuya vida el drama no tenía cabida. Así que solo caminó despacio, como si sus pisadas pudiesen espantarla o hacerla desvanecer, hasta que estuvo parado junto a ella y esperó, tratando de que su respiración acelerada no lo delatara.

Ella lo miró y sonrió, y el alma se le derritió como un pedazo de cera sobre una vela, dejando un pequeño pozo a sus pies esperando ser moldeado.

—¿Qué haces aquí, Sorel? —preguntó.

Aquello no era casualidad, no podía serlo, ella lo estaba esperando y ese hecho conjuraba al mismo tiempo sus más grandes esperanzas y sus más temidas pesadillas.

—Es un teatro, no el Fuerte Knox —le respondió encogiéndose de hombros, todavía mirándolo, todavía sonriendo—. No es tan difícil entrar, solo pasas por la puerta de artistas con tu mejor cara de pertenecer a este lugar.

—No me refería a eso.

El nudo en la garganta de Andras se había multiplicado, generando clones en su estómago y en su pecho, como aquellos animalitos de una película que se reproducían al contacto con el agua.

—Lo sé —Sorel suspiró cerrando los ojos y volteó la cabeza—. Necesitaba hablar contigo.

—Hay teléfonos, ¿sabes? También Skype y correos electrónicos.

Andras seguía sin levantar la voz. Incluso ese reclamo que podía sonar exasperado o burlón fue dicho en un tono tan bajo que no dejaba traslucir ninguna emoción. No quería abrumarla con el cúmulo de sensaciones que navegaban descontroladas por todo su cuerpo.

—No tenías que viajar de un continente a otro —continuó—, averiguar mi agenda y colarte aquí para esperarme. Todo esto es... —Quería decir muy romántico, pero aún no estaba seguro de qué era lo que ella necesitaba decirle—. Muy dramático.

—Pensé que te gustaría. —Nuevamente volvió la cabeza para mirarlo directamente a los ojos.

—He hecho el firme propósito de mantenerme alejado del drama, si no te importa.

El rostro de ella se ensombreció.

—Lo entiendo. —Y sonrió tímidamente, como quien se disculpa—. No debí haberte importunado así.

Nuevamente algo se había perdido en la traducción del marciano al venusiano y Andras no estaba dispuesto a que una de sus frases fuera de contexto arruinara las cosas.

—Sorel, lo que quería decir...

Pero no tuvo tiempo de hablar. Sorel se puso de pie y le colocó dos dedos sobre los labios.

—Solo vine a decirte algo, luego me voy.

Andras quería protestar airadamente, pero no tenía opción. No había fuerza humana en el mundo que lo hiciera desperdiciar un segundo de ese contacto que en ese instante le parecía más necesario para seguir con vida que la sístole y la diástole.

—Tengo miedo, Andras —siguió diciendo—, vivo aterrada desde hace cinco años. No quiero morirme. No quiero.

Las palabras dejaron un regusto amargo en la garganta de Andras. Tal vez ese reencuentro no fuese más que una despedida y eso lo hacía sentir impotente, y no del tipo que se cura con una pastillita azul.

Él era solo un músico, no el Doctor House. Quería protegerla, pero no tenía las armas para hacerlo. Por primera vez en su vida, su profesión le pareció trivial y, todos sus años de estudio, una pérdida de tiempo.

Besó los dedos que Sorel mantenía sobre sus labios y luego tomó su mano.

—¿Qué dijeron los médicos?

—Por ahora estoy bien, los niveles ligeramente elevados, pero dentro de lo normal. Los moretones y el cansancio son solo producto de un maestro húngaro demasiado exigente. —Sorel soltó una risilla, de esas que son mitad llanto y mitad alegría, y Andras sintió también la necesidad de reír y llorar—. Pero no se trata del ahora, esto es algo que siempre estará sobre mí, acechándome, y yo no puedo pedirte que vivas con ese miedo.

Él quería decirle que ya vivía con miedo y que lo único que podía disminuirlo era que le permitiera estar a su lado. Era su presencia, su sonrisa, lo único que podía exorcizar el desasosiego, iluminando los oscuros rincones donde los terrores nacen y crecen.

—Siempre pensé —continuó Sorel soltándole la mano y separándose de Andras un par de pasos— que, si aparentaba que no me importaba, que había hecho las paces con la vida por haberme hecho esto, tarde o temprano dejaría de ser una actuación. Pensé que lo había logrado, que estaba conforme, y lo que era más importante, que había conseguido no cargar con todo esto a otras personas, aparte de mi familia. Entonces llegaste tú y me involucré. En ese momento me di cuenta que sí me importaba, que me daba rabia, que quería ser libre para poder quererte sin remordimientos de conciencia.

—Me quieres. —Una sonrisa presumida se instaló en la boca de Andras—. Lo sabía.

—Claro que te quiero. ¡Estoy enamorada de ti! Crucé la mitad del mundo para decírtelo, irrumpí en un teatro cerrado, pero esa no es la cuestión. ¡Estoy enferma!

—Tuviste leucemia y estás en remisión. —Andras hizo un gesto displicente con las manos—. Que los dos sepamos, podrías vivir más que yo.

—Eso es poco probable. —Ahora ella estaba exasperada.

—Yo viajo mucho, los aviones se caen. —Andras se encogió de hombros—. Pero con gusto te pediré que me esperes al final de cada viaje, incluso que vengas conmigo adonde la vida me lleve, aunque represente un riesgo. Si insistes en recordarme que tu tiempo será corto, lo mínimo que puedo hacer es pedirte que me hagas el honor de compartirlo conmigo. Solo eso hará que mi existencia, larga o corta, sea soportable porque la única manera en que la muerte vale la pena es cuando se ha vivido amando.

—Eres un romántico empedernido —le dijo ella con lágrimas en los ojos.

—No estoy tan seguro. —Andras sonrió—. Alguien me dijo una vez que son los románticos los que ven romanticismo en todos lados.

—¿Vas a besarme? —le peguntó ella poniendo los brazos sobre sus caderas en una actitud impaciente—. ¿O vas a seguir poniendo mis palabras en mi contra?

—Ni una cosa ni la otra. —Ahora le tocó a él sonreír como el gato que se ha comido al ratón—. Voy a hacerte el amor de tal forma que te vas a sentir incapaz de volver a abandonarme. —Lentamente salvó el espacio que los separaba y quedó tan cerca que sentía su agitada respiración acariciar su rostro—. Y voy a ser muy mandón mientras lo hacemos.

—¿Del tipo «ponte en la cama boca abajo» o «de rodillas frente a mí»? —le preguntó ella acercándose unos milímetros más.

—Está bien, tú ganas —le dijo él cuando las imágenes y sus múltiples posibilidades le inundaron la mente. Ella era tan pequeña que había miles de formas en las que podía poseerla sin mayores complicaciones. Incluso allí y en ese mismo instante—. Voy a besarte primero.

Y, a pesar de que fue él quien claudicó, fue Sorel quien recorrió el espacio faltante hasta que sus labios se encontraron.

ÚLTIMOS TÍTULOS PUBLICADOS EN HQN

Un jardín de verano de Sherryl Woods

Al desnudo de Megan Hart

Noches de verano de Susan Mallery

Érase una vez un escándalo de Delilah Marvelle

Perseguida de Brenda Novak

El anhelo más oscuro de Gena Showalter

Provócame de Victoria Dalh

Falsas cartas de amor de Nicola Cornick

Aquel verano de Susan Mallery

Cuatro días en Londres de Erika Fiorucci

Sin salida de Brenda Novak

La misteriosa dama de Julia Justiss

Solo un chico más de Kristan Higgins

Difícil perdón de Mercedes Santos

Promesas a medianoche de Sherryl Woods

Noches perversas de Gena Showalter

www.ingramcontent.com/pod-product-compliance
Lightning Source LLC
LaVergne TN
LVHW030343070526
838199LV00067B/6423